JN255491

波うちぎわのシアン

斉藤倫　まめふく・画

偕成社

波うちぎわのシアン

わたしは、カモメ。

そう聞くと、みんなわらう。きみだって、わらうかもしれない。

なんたって、わたしはねこだから。ねこなのに、カモメなのって。そのたびに、ふん、っておもう。ひっかいてやろうかって。わたしは、この名前がきらいじゃない。

ある夜、わたしは、生まれたばかりで、しにかけていた。ざんねんな話だ。ひと雨ごとに冬になる、そんな季節のかわり目の、つめたい雨がふっていた。きみがどうぶつにくわしければ、知っているだろうけど、子ねこや子いぬにとって、体温がさがるのは、そのまま、いのちの危険を意味するんだ。でも、まだ運のいいことに、わたしがしにかけていたのは、その港町にひとつしかない病院の、のきしただった。

お医者の先生は、海鳥の鳴き声で、目をさました。目をさましたというより、たたき起こされたというかんじかも。カモメは、青空をとぶとかわいく見えるけど、ちかくで聞く声は、びっくりするくらい、かわいくないから。

「いったい、なにごとだ。うちも有名になったのかな。いよいよ、海鳥がみてもらいにきたらしい」

フジ先生は、ひとりで冗談《じょうだん》をいいながら、ベッドがわりにしていた待合室の長いすから、身を起こした。パジャマのまま、サンダルをつっかけ、玄関《げんかん》のかぎをあけた。病院とは

いっても、ちっぽけな診療所《しんりょうじょ》。ひとりぐらしの住まいも、かねていた。

月明かりのない暗やみでもわかるくらい、白くおおきなとりが、のきさきにまるまっていた。

「どうしたんだあ。けがでもしたのか」

フジ先生は、声をかけながらも、おどろいた。ほんとうに診察《しんさつ》をまっていたみたいだったから。丘《おか》をのぼった診療所《しんりょうじょ》のあたりまで、カモメがやってくるなんて、めったにない。

カモメは、フジ先生を見て、まがったくちばしをひらき、あとはたのんだからね、と、いわんばかりに、もうひと鳴きした。そして、立ちあがると、おおきくつばさをひろげたんだ。そのしたに、とけかけの雪みたいにくにゃくにゃの、わたしがいたってわけ。

「カモメがねこを産んだのかとおもったね」

フジ先生は、まわりのひとに、そんなふうにいったらしい。カモメにいのちをすくわれたねこ。にんげんがわらうくらいだから、ねこどもには、ものわらいのたねだ。やつらにとって、とりは、とっつかまえて食べるものなんだから。なので、港町の野良ねこには、なじめなかった。

ともあれ、わたしは、フジ診療所《しんりょうじょ》の飼いねこになった。これから話すのは、わたしがそこで、見聞きしたこと。ねこのいうことなんか信じられない、っておもう？　だけど、ねこは、じぶんの誇《ほこ》りにかけて、うそをつかないいきものなんだ。それに、見た目はたよりない子ねこでも、一才にもなったら、なかみは、ひとの青年とおなじだからね。

はじまりから、話そう。そのときは、それがなにかのはじまりだなんて、おもいもしなかったけど。


わたしがひろわれて一年たった、秋の終わりごろ。

港町の夜は、はやい。夜明けまえに漁に出た男たちは、昼すぎには港に帰ってくる。だから、うす暗くなるころには晩ごはんもすんで、日がしずむのといっしょに、町は静まりかえる。

夜、ふらふらと出歩くのは、ねこぐらいのもんだ。

夕ぐれからの、かすみのような雨だった。夏生まれの子は暑さにつよいという。冬生まれの子は、寒さに。そのせいか知らないけど、雨生まれのわたしは、雨がすきなねこに育った。

丘《おか》のうえの診療所《しんりょうじょ》から、雑木林を右手に歩き、港へくだる道に出る。こかげから出ても、空には、月も、星もない。とび石をとぶように、家や小屋ののきしたから、のきしたに渡《わた》り、霧雨《きりさめ》で、たいこの皮みたいにふるえている水たまりを、ひょい、とまたぐ。おきっぱなしの荷車のした、秋でも葉の落ちないやぶ。なんてたのしいんだろう。風が吹《ふ》いて、潮のにおいが、ぐっとつよまる。毛先が、わずかにしっとりする。わたしは、ほとんどぬれないで、港についた。きぶんがよかった。雨の日は、ほかのねこどもと、顔をあわせないですむのも、気がらくだ。

沖《おき》で、海風がさわいでいた。漁船は、ちいさな釣《つ》り舟《ぶね》まで一艘《いっそう》のこらず、港のもやい柱に、ロープでくくられていた。暗い海に、見えない雨がふっている。そのなかに、やっぱりよく見えない、たくさんの船が、きし、きし、とぷ、とぷ、ゆれる音がしていた。

あれは、なんだろう。

沖《おき》は、黒く染めた麻《あさ》のカーテンを、何枚もかさねたように、見とおせなかったけど、そのむこうで、ちいさなあかりがゆれた気がした。

わたしは、道から波止場への段差に、ななめに渡《わた》された板のしたで、ようすをうかがっていたけど、かくごして、雨のなかにとびだした。

冬空の星のように、とおいけどつよい、そのひかりは、すこしずつ、ちかづいてくるように見えた。毛が雨をはじききれなくなって、せなかにしみこんできても、どうしても目がはなせないのだ。ねこは、ひかるものなんて、きらいなはずなのに。

ひかりは、一艘《いっそう》の船だった。わたしは、目を疑った。漁船ではなく、甲板《かんぱん》にやねがのっていて、船旅ができそうなもの。でも、それだけなら、港町でくらすねこには、めずらしくもない。

その船は、はげしく噴《ふ》きあがる炎《ほのお》につつまれていたんだ。そんなのって、見たことも、聞いたこともない。

まわりの海面に、ひかりとかげを落としながら、しだいにおおきくなる。よってくると、かなりのはやさだってわかった。甲板《かんぱん》に、ひとかげは見えない。とおいし、暗いし、だいいち、ねこは、そんなに目がよくない。だれかのっていたとしても、あの炎《ほのお》じゃ、やけしんだか、海にとびこんでにげたあとにちがいない。

雨のなかで、火がおとろえないのは、燃料の石炭が燃えているんだろう。水を渡《わた》るための船に、火のちからをつかう。にんげんって、ほんとに、ふしぎなことをするいきものだ。わたしの目は、きっと炎《ほのお》をふうじこめたビー玉みたいだったかも。そのくらい船がちかくなるまで見とれていて、はっと気づいた。いま港にもやわれている、たくさんの漁船に燃えうつったら、えらいことだ。

やむどころか、つよくなった雨あしのなか、こんどは雨やどりもなしに、わたしはかけだした。そのころ、先生はもう、診療所《しんりょうじょ》ではなく、できたばかりの、はなれにねとまりしていた。丘《おか》をのぼって、せまい庭を横ぎり、ちいさなねこ用の戸口をくぐった。寝室《しんしつ》のドアのすきまをすりぬけると、そのままのいきおいで、ベッドにとびのった。

「にゃあ。ぎにゃあ」

「うはわあ」

そう、いま、暗やみにひびいた、気のどくなさけび声。そのぬしこそ、フジ先生だ。寒い雨の夜、ようやくあたたかいベッドにもぐりこんだとおもったら、びしょぬれのねこに、首もとにとびのられたんだから、なさけない声も出すだろう。

「かんべんしてくれー」

フジ先生は、はじかれたように、とび起きた。

「ぎみゅう。ふぎい」

わたしは、ふとんにひっくりかえったけど、かまわず、うったえつづけた。

「なんなんだ、いったい」

といいながらも、フジ先生は、やみのなかでわたしを見つめるように、声に耳をかたむけた。ねこは暗くても見えるけど、にんげんのフジ先生には、きっとわたしが見えていない。

フジ先生は、ベッドからぬけだしながら、ぶつぶつ、いった。

「なんだかわからんが、カモメがこんなことするなんて、めったにない。だとしたら、

めったにないことが、あったんだろう」

　こういうところだ。わたしが、フジ先生をすきな理由。そうよ、めったなことがなければ、若いめすねこが、おじさんのひげ面《づら》にとびつくはずない。

「おいおい。どこ行くんだ」

　うわぎをはおって、かさをさしながら、フジ先生が、さきを行くわたしについてくる。港への小道をくだって、はやくも気づいたみたい。やぶごしに見える港が、もやもやと、明るい。どちらともなく、しぜんにかけあしになった。先生のはきふるしたサンダルが、雨にぬれたじゃりに、なんどもすべる。

「なんてことだ」

　港にたどりついて、先生はいった。ひらいたままのかさが、ぷらんと、あしもとにさがる。

　ごうごうと燃えながら港に入ってきた船は、もう目のまえにせまっていた。熱さで肌《はだ》がちりちりするくらい。先生のひげだらけの顔は、火のかげで、まだらになっている。ねこの目は、

じつは、赤色があまりわからない。でも、想像はできる。きっとにんげんのことばでいう、血しぶきを浴びたみたいってやつ。先生を見あげるわたしの白い毛なみも、きっと血まみれだったにちがいない。

つなぎとめられてねむる船たちは、真昼みたいに、明るく照らしだされていた。

「これは、まずい。町のひとに、知らせないと」

フジ先生がふりむこうとしたそのとき、港の入江《いりえ》をめぐる風のいたずらで、火の玉のような船は、わたしたちの目のまえで、ゆっくり横腹を見せて、まがった。港町の全財産といってもいい漁船たちを、けむりとひかりにまきこみながら、すれすれに、かすめるように、左へそれていく。

「おお」

フジ先生の、のどから、ため息のような声がもれた。

きょだいな炎《ほのお》のかたまりが、目と鼻のさきをなでて、とおざかっていく。炎《ほのお》のかがやきがとどくところにだけ、巻きあがる黒煙《こくえん》が見えて、ひかりのとぎれ目から、けむりは、とけだすように、暗い雨にかわっていく。

「くしゅん」

わたしは、安心したのか、くしゃみをした。雨にぬれたせいもあったけど、このいやなにおい！　けむりが通りすぎたしゅんかんに、ものの焦《こ》げるにおいで、指で鼻をはじかれたみたいになった。

船は、左へ、左へと流されていき、港のはしの突堤《とってい》にぶつかった。

「あ」

フジ先生は、声をあげた。はねかえされるかとおもった船は、そのまま、突堤《とってい》にのりあげる。ひどい音がして、船のしたはんぶんが、お菓子《かし》みたいに、ざくざくとけずられていった。フジ先生は、とつぜん、かけだした。

どうしたんだろ。わたしは、追いかけた。目で見るとちかいけど、埠頭《ふとう》をまわると、いがいにとおい。港をほぼ半周したところで、先生は、手でひさしをつくり、燃える船をながめた。ぱちぱちと、はぜる音。焦《こ》げくさいけむり。

そして、おどろいたことに、燃えさかる船にむかって、かけだした。突堤《とってい》にのりあげた、船の舳先《へさき》にとびつき、よじのぼりはじめたんだ。

わたしは、鳴いた。だって、鳴くでしょう。どうして？　なんで、そんなことするの？

先生を呼んできたのは、わたしだ。なにかあったら、どうしたらいいの。ぎにゃあ。にゃあ。いやだよう。どうしよう。

明るい船の甲板《かんぱん》から、夜空の暗やみへ、黒いけむりは、うずを巻いてとけていく。そのなかに飲みこまれるように、パジャマすがたのフジ先生は、消えた。サンダルだけが、突《とっ》堤《てい》に落ちていた。

わたしは、わめいて、わめいて、わめいた。だれか、だれか、だれか。だいすきな先生が、しんじゃうよ。

はるかな時間が、すぎた。でも、もしかしたら、あっというまだったのかもしれない。フジ先生は、消えたときとおなじように、ふいに舳先《へさき》にあらわれて、突堤《とってい》にとびおりた。

「にゃあっ」

わたしは、鳴いた。その直後、船は、焼き魚をひっくりかえすみたいに、ぐるんとかたむき、火の粉をあたりいちめんに噴《ふ》きだすと、あっというまに焼けくずれ、暗い海にしずんでいった。

「先生だ」

「だいじょうぶかあ」

かけよったわたしのうしろから、どなるような声や、足音が押《お》しよせた。知らないあいだに、港町のひとびとが集まってきていたんだ。

突堤《とってい》に、あおむけに転がった先生が胸のうえにかかえていたのは、毛布にくるまれた、一才にもならないような赤《あか》ん坊《ぼう》。生まれたばかりといってもいい。

燃えつきようとしている、船のざんがいに照らされているのに、なぜだか肌《はだ》がまっ青に見えた。もともと、ねこの目は、青の色をはっきりとらえる。そのせいかとおもったけど、まわりのひとが、子どもだ、まっ青だぞ、だいじょうぶか、なんてどなっていたから、ほんとに青ざめているんだってわかった。

つめたい雨のなかで、ねむっているようにも、しんでるようにも見えた赤《あか》ん坊《ぼう》は、ちいさな顔を、あくびするようにゆがめると、風が紙をめくるような、かぼそい声で泣きだした。右の手のひらをおおきくひらき、あたまの横でゆらしている。左手は、かたく、にぎりしめたままだった。先生のパジャマの胸が、荒《あら》い息で、あがったりさがったりして、まるでゆりかごみたいに見えた。

この島のちかくだけでとれる、シアンという、青色の巻貝がある。助けだされた赤《あか》ん坊《ぼう》は、いずれ、シアン、と呼ばれることになる。左のにぎりこぶしが、その貝のかたちに、そっくりだったから。

二枚貝なら、いつかはひらくだろう。けど、その左手は、にぎりしめられたまま、まるで巻貝のように、けっしてひらくことはなかったんだ。

もくじ

一　〈ちいさなやね〉のしたで

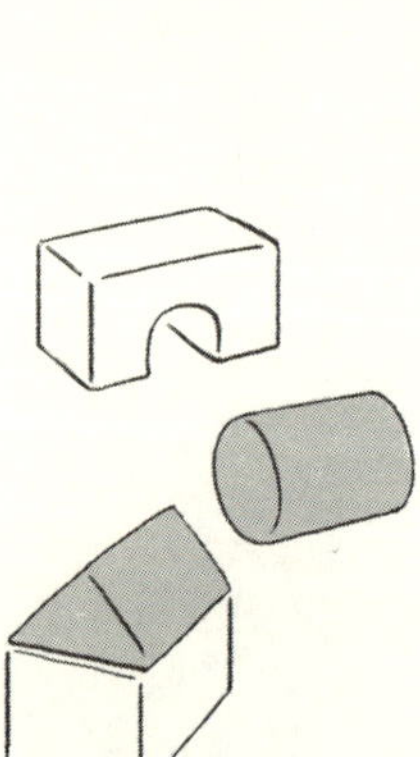

このちいさな島は、ラーラ、っていう。

島には、町がひとつしかないので、その港町もラーラと呼ばれている。町には、一軒《いっけん》だけ病院があって、それがフジ診療所《しんりょうじょ》。だから、フジ先生は、町にというか、島にたったひとりの医者ってことになる。

フジ先生は、ラーラの生まれじゃない。わたしがひろわれる何年かまえに、島にやってきたらしい。

港から坂道をあがった高台に、住むひとのいない、ほったて小屋があった。たくさんの島が、ぷかぷか浮《う》かぶ海がはるかに見渡《みわた》せた。海風と、雑木林が、やわらかくあいさつするような場所だった。大学を出たてのフジ先生は、あちこちの島を旅行しているとちゅうで、ラーラを訪れ、その丘《おか》のうえが、すっかり気に入ってしまったのだ。

しばらく考えたけど、答えはきまっていた。ゆるしをえるために、港町の長老らしきひとをさがした。フジ先生は、そこに病院をひらきたいとおもったのだ。町のひとびとは、大賛成。その日から、みなが、われさきにと手伝ってくれた。

ほったて小屋のしっかりした柱だけをのこし、くさった壁《かべ》はほとんどはがしてしまった。あたらしい板をはり、白くぬり、ベッドを組み立て、薬をおく棚《たな》をつくり、ひと夏で診《しん》療所《りょうじょ》らしきものができあがった。

看護師も、ひとり、やってきた。それが、ネイだ。島の生まれで、まだ十代の女の子。看護をしたことはなかったけど、とってもやる気があったのだ。先生は、診療所《しんりょうじょ》でねおきし、ネイは、じぶんのうちから通った。

それまで、病気やけがのとき、町のひとは、ほかの島まで通っていたから、先生の患者《かんじゃ》は、あっというまにふえた。そのあと、わたしがひろわれて、島でたったひとりの医者の、飼いねこになったってわけ。


ラーラは、大陸の東の、ノルッと呼ばれる海にある。島の数は、八百とか、千八百とかいわれるけど、ほんとはわかってない。海流しだいで、たどりつけない島などもあって、地図が描《か》けないのだという。

治療《ちりょう》にひつような薬や道具は、大陸に行かないと手に入らない。その船が出るのは、ひと月に、二回だけ。

「ようし」

フジ先生は、おもいたって、包帯や消毒液を、できるだけたくさん用意しておくため、居間を、倉庫につくりかえた。

ある夏の日、急患《きゅうかん》が、何人もかさなったことがあった。そとまでひとがあふれ、まっていたお年よりが、暑さで、きぶんがわるくなった。

「ようし」

フジ先生は、台所を待合室につくりなおした。このときから先生は、ろうかに立ったまま食事をするようになった。

また、あるとき、島の沖《おき》で、船どうしが衝突《しょうとつ》し、一艘《いっそう》の漁船がしずんだ。けがをした漁師が、丘《おか》をのぼって、あとから、あとからやってきた。なかには、うごけなくて、背負われてきたものもいた。ネイは、その行列を見て、立ちすくんだ。フジ診療所《しんりょうじょ》には、ベッドがふたつしかないのだ。

「ようし」

そのあと、寝室《しんしつ》をなくして、入院用のベッドを四つにふやした。フジ先生は、待合室の長いすで、ねむるようになった。わたしがひろわれたのは、このころだ。

「いいかげんにしてください」

看護師のネイは、ついに、いった。まだ見習いで、かれんな少女だったネイが、こんなに怒《おこ》ったことはなかったので、フジ先生は、ねていた長いすから、とびあがった。

「先生が、たおれてしまいます。お薬の在庫をふやして、待合室をふやして、ベッドの数を倍にして、さぞかし、よい病院でしょう。だけど、それでお医者がいなくなったら、なんの意味があるんですか」

こうして、病院とはべつに、フジ先生の住まいが建てられることになった。ヤブムラサキやツルバラの生える、にぎやかな雑木林をはさんだ、はなれとして。子ねこ一匹《いっぴき》いる場所さえ、あやしくなっていたから、わたしも、ほっとした。

そのあとだ。あの、雨の夜、シアンが、やってきたのは。

たいまつみたいに、船は、じぶんでじぶんを燃やしたあと、波のしたにしずんでいった。あかりを、ふっと吹《ふ》きけしたみたいに、それきり、港はまっ暗になった。朝になって、ほとんど炭になった骨組みだけが流れついているのが見つかったけど、どこからきた船かもわからなかった。

赤《あか》ん坊《ぼう》にしては、ふさふさした黒髪《くろかみ》は、ときどき、ふしぎに青みがかって見える。フジ先生が助けだしたときは、顔も、おどろくほど、まっ青だった。

「火事のなかにいたなんて、おもえない。こんなに冷えきって」

ネイは、毛布から出たほおにふれた。ネイが港にきたときは、船が焼け落ちたあとだった。赤《あか》ん坊《ぼう》が診療所《しんりょうじょ》にはこびこまれたと聞いて、小雨のふる丘《おか》をかけのぼってきたのだ。

その子の髪《かみ》を、タオルでやさしくふいていたけど、ずぶぬれなのは、ネイのほうだった。

子どもは、ねむったり、起きたりした。知らない場所にいるのに、ふしぎとむずかりもせず、ふにゃふにゃと、泣くともわらうともつかない声を出していた。ネイは、そのたびに、部屋をあたためたり、ミルクをつくったりした。

「なんだか、この子はまるで、病院がすきみたいに見えるな」

フジ先生は、すすけたねまきのまま、いすにしずみこんで、赤《あか》ん坊《ぼう》を見ていた。ひげにも、すすがつもっていた。かろうじてひげのないところも黒くよごれていたので、顔というより、えんとつ掃除《そうじ》のブラシみたいに見えた。

「先生に、だっこされていたときも、すごく安心してるみたいでしたね。白衣をぎゅっと、つかむようにして」

ネイは、ミルクを飲ませながらささやいた。

わたしは、ドアをからだで押《お》して、ろうかに出た。赤《あか》ん坊《ぼう》が、なんだかにくたらしかったから。こいつのせいで、フジ先生があぶない目にあったし、それに、どうしてか、この港町に、よくないことをはこんでくるんじゃないか、って気がしたのだ。ねこは、好奇心《こうきしん》がつよいなんていうけど、わたしは、かわったことなんて、ごめんだ。

「この左手、どうしたのかしら」

ドアのすきまから、ネイのささやきが、聞こえてきた。「ねえ、フジ先生。ずっと、かたく、にぎったまま。まるで、シアン。巻貝みたい」


先生のはなれができて、診療所《しんりょうじょ》はすこしひろびろとしたけど、ネイの仕事がらくになったわけじゃない。そのぶん患者《かんじゃ》がふえて、たいへんになったくらいだ。しかも、いきなり、赤《あか》ん坊《ぼう》のおかあさんをやるなんて！

シアンが、はいはいをしだしたとき、ネイは、こまった。診療所《しんりょうじょ》は、あぶないものがいっぱい。まずは、シアンをかごに入れておいた。かごをのりこえだすと、腰《こし》ひもをむすんだ。ある日、ひもにからまって、わらっていたので、柵《さく》をつくった。そんなふうにして、どちらかというと、ほったらかしなのに、シアンはすくすくと育ったので、ネイは若いのに子育てがじょうずだわ、と、町の評判になった。そこで、奥《おく》さんたちのいそがしいとき、子どもの世話をたのまれるようになった。

「いいじゃないか」

フジ先生は、いった。

「冗談《じょうだん》じゃないです」

ネイは、いった。

「お礼に、魚や、野菜ももらえるし」

フジ先生は、机にむかって、診察《しんさつ》の帳面をつけながら、いった。

「そういう問題ですか」

ネイは、いった。

「ほかの子がいたら、シアンだって、さみしくない」

「だれが、めんどう見ると、おもってるんですか」

「そりゃあ、きみだよ」

フジ先生はふりかえり、胸をはって、いった。

「きみだよ、じゃないですよ」

ネイは、いった。「なんで、いま、胸をはったんですか」

「うん。きみが評判なのは、ぼくのじまんなんだよ」

フジ先生は、そんなことを、さらりというので、ネイは、ことばにつまってしまう。

「この町の男は、のこらず、海の男だ。からっきし、子育てのたよりにならない。働いているおかあさんもおおいから、こまることもおおいんだ」

そして、フジ先生は、いった。「いっそ、ここを、保育園にしようとおもう」

「え」

ネイは、あたまの毛穴がすぼまって、前髪《まえがみ》が上下するくらい、おどろいた。「いったい、なにをいっているんですか？　むりに決まってるじゃないですか。冗談《じょうだん》は、ひげだけにしてください」

「手伝いの助手を、もうひとり入れようとおもってる」

フジ先生は、そんなにのびてたかな、というふうに、さりげなくほおをさわって、たしかめながらいった。

「手伝い？」

「うん。もうあたりはつけてある。それでね」

フジ先生は、きらきらした目で、語りはじめた。「診療所《しんりょうじょ》と、あたらしくつくった、ぼくのはなれのあいだの雑木林を切りひらいて、細ながい建物でつなごうとおもう。そこを、保育園にするんだ」

ネイは、肩《かた》で、ため息をついた。フジ先生が、この、きらきらの目で、理想を語りはじめたときは、どんなにつっぱねてもだめって、知っていたんだね。

「そう。そして」

と、フジ先生。「その場所を、ネイ保育園、って、名づけようとおもうんだ」

「は？」

「ネイ、きみが園長をやってくれるね」

保育園なんて名ばかりの、託児所《たくじしょ》みたいなものだろうけど、そうまでいわれると、わるい気はしない。ネイは、しぶしぶだけど、わらってうなずいた。

「助手がもうひとり、か」

フジ先生が診察室《しんさつしつ》を出ていったあと、ネイは、すこしだけさみしそうな顔で、つぶやいた。ねこ以外には、だれにも聞こえないようなちいさな声で。

このようにして、ネイ保育園は誕生した。半年ほどで完成した横長の建物には、かわいらしい、ちいさな赤いやねが、たくさんならんでいた。なので、ひとは〈ちいさなやね〉といい、ざんねんながら、あんまり正式な名前では呼ばれなかった。

はじめは、しぶしぶだったネイも、子どもがきらいなわけじゃない。あずかる子が、さ

ほど手がかからなかったおかげもあって、すぐに園長が板についてきた。元気のありあまる、港町の子どもたちが、ネイのもとでは、あばれも、けんかもしない。母親たちは、感心した。保育園の評判は、日に日に高まった。

でも、わたしが見たところでは、すこしちがう。ネイ園長のおかげ、だけでもないみたい。

コダイさんちの二才の男の子は、その日、朝から見知らぬ場所にあずけられて、泣きさけんでいた。ネイがだいても、あやしても、どこにそんな体力があるのかというくらい、声をふりしぼりつづけていた。

「危険を知らせる、サイレンのようだ」

保育園には、横ならびに三つの部屋がある。そのむかって右はしの、おゆうぎ室で、フジ先生は、いった。「けがにんでも出たかと、はらはらするよ」

「先生、診察《しんさつ》のお時間ですので」

ネイは、いった。「わたしは、この子が落ちついてから、行きます」

「そうか」

フジ先生は、のんきにいって、ドアに歩きだした。「将来は、オペラ歌手なんて、むいているかもなあ」

「受付も、お願いしますね」

ネイは、白衣のせなかにいったけど、その声もかきけされてしまった。床《ゆか》にすわりこんで、そのちいさないきものの、あたまをなでたり、ことばをかけたり。耳がじんじんしてきて、わたしも、ほかの部屋ににげだそうとしていた。

そのとき、はってきた幼いシアンが、あふ、あふ、と、わらい、手をのばしたんだ。

シアンの、にぎったままのちいさな左手が、宙をうごく。コダイさんちの子は、それを目で追っていた。なにもない場所をはずんでいく、まりのようなこぶしを、わたしも、ネイも、おもわず、見つめてしまう。

しばらく、沈黙《ちんもく》がつづいた。そう、沈黙《ちんもく》だ。ネイは、目をまるくした。男の子が、泣きやんでいた！

それどころか、コダイさんちの子は、ネイの腕《うで》からはいでて、シアンと世間話でもするように、あふあふと、わらいあった。そうして、日がくれて、母親のむかえがくるまで、きげんよくすごしたのだった。

また、これは、シアンが歩きだし、話せるようになってからのこと。ヤイルという、四才の男の子が、はじめて〈ちいさなやね〉にあずけられた日だった。

夕方すぎに、用事を終えてむかえにきた母親は、ひどくおどろいた。おゆうぎ室のヤイルが、つみきでつくった島のあいだで、つみきの舟《ふね》を航海させていたからだ。ヤイルは、島の子のなかでも名の知れたやんちゃで、野山や浜辺《はまべ》をかけまわりはしても、家あそびするすがたなど、見たことがなかった。まるでそこが、島々の浮《う》く、ほんとうの海だと信じているように夢中だった。

「一日じゅう、いい子であそんでましたよ」

ネイは、にこにこと、いった。

「ヤイルが？」

母親は、むしろ不安そうにいった。「まさか病気かしら」

「あ、かあさん」

ヤイルは、顔をあげたけど、すぐ、つみきにもどって、いった。「これ、とうさんのふね。とおくに行ってるから、ずっとかえってこないけど、おおきなふねだから、あんしんなんだ」

「ざーばーん」

シアンは、いった。

「わっ、おおなみめ。このやろー。でも、ほらね、とうさんのふねはへいきだろ」

ヤイルは、いった。

「すごーい。ねー」

シアンは、いった。

「ヤイル」

母親は、とつぜん、かけよって、息子をだきしめた。そして、ふるえる声で、いったんだ。「ありがとうね。とうさん、一年も漁で帰ってこないのに、わすれないで、心配してくれてるのね」

なんでほめられたのかと、きょとんとしているヤイルのそばで、シアンのほうが、うれしそうにしていたんだ。

〈ちいさなやね〉ができてから、日々は、いそがしくすぎていった。そのあいだ、約束どおり、手伝いもふえた。リネンさんという、フジ先生とおなじ年ごろの女のひとで、むかしの知りあいらしかった。ちかくの島から、週に二、三日、通ってくる。おそい船がある日は自宅に帰るが、便のない日は〈ちいさなやね〉に泊《と》まり、子どもたちといっしょにねむった。

そしていつのまにか、あずかりだけではなく、シアンのような身よりのない子も、ひとり、ふたりとふえていた。

「いいじゃないか。シアンに、きょうだいができたとおもえば」

あいかわらず、フジ先生が、のんきにしているうちに、保育園は、いつのまにか、孤児《こじ》院《いん》〈ちいさなやね〉とも、呼ばれるようになったんだ。


そうして、三年の歳月《さいげつ》がすぎた、ある日のこと。

ねこだからかもしれないけど、なんだかそわそわするような、春の朝だった。舌のうえでとける、焼《や》き菓子《がし》みたいな日差しね、と、ネイは、いっていた。

細ながい〈ちいさなやね〉は、おゆうぎ室、食堂、ねどこと、横につながった三つの部屋で、できている。その両はじは、診療所《しんりょうじょ》と、先生のはなれにはさまれていた。そのあいだにかわいらしくならんだ、赤い三角やねのうえに、春の日がさしていた。

おゆうぎ室では、つみきのお城づくりが、もりあがっていた。いまや三人になった、〈ちいさなやね〉の子どもたちが、活発な議論をしていた。

「やりたいんじゃないけど。だれか、やらないといけないから」

これは、キナリ。五才にしては、背も高く、ことばもしっかりしている。でも、かわいいねこ（わたしのこと）をこわがったりして、気のよわいところもある。「王さまは、ぼくじゃないかなあ。いちばん、年長だから」

いうわりには、自信がなさそうに、ふし目をしている。あたらしいうすむらさきのセーターのそでが、もうみじかくなって、細い腕《うで》が出ている。ほんとうに王さまをやりたいのか、しぶしぶ、そうおもっているのか、わからない。

「わあ。キナーリ、おうまさんしてくれるの」

くりくりの目を、かがやかせたのが、ヨルビン。この子は三才。やわらかそうなからだで、床《ゆか》に、ぺったりすわっている。よく、口をあけっぱなしで空を見あげているので、かなぶんでもとびこまないか、心配になる。

「おうまさん、じゃなくて、おうさま、だよ」

キナリが、あわてて、いう。「おうまさんは、フジ先生がやるやつ」

壁《かべ》につくりつけた、横長の戸棚《とだな》のうえに、わたしも、横長にねそべっていた。おおきい窓から、日がさしている。ときどき、あくびをしたり、からだをかいたりしながら、城づくりをながめていた。夕方のおかたづけには、どうせこわされちゃうお城。そんなのに、こうまで夢中になるなんて、にんげんってのは、子どものころから、かわってるよね。

「キナーリが、おうさま、かあ」

ヨルビンの顔が、ぱあっと明るくなった。ヨルビンの幼い舌だと、どうしてもキナーリと間のびしてしまう。「おうさまは、えらいんだよ。キナーリで、だいじょうぶかな」

「はあ」

キナリは、はっきりうなだれるほど、おちこんでしまった。

そんな話に参加しないで、まるで、ほんものの大工職人のように、つみきの塔《とう》にむかいあう子がいた。さまざまな角度からながめては、わずかなずれを見つけても、せっせとつみ直している。

シアンだ。

青みがかった黒髪《くろかみ》に、ひかりがあたっている。港で助けだされてから、三年以上がすぎた。だから、たぶん、四才くらい。

花だんの青いゼラニウムをひとりで世話したり、患者《かんじゃ》さんの名前をぜんぶおぼえようとしたり、ものごとに熱中しがち。でも、色のはっきりしないまるい目と、わらっているような口もとのせいで、こころは、いつも、べつのところにあるように見えた。

「ねえ、シアン」

キナリは、呼びかけた。「どうおもう」

シアンは、顔をあげた。ここはどこ、とでもいうみたいに、あたりを見てから、キナリに、あは、とわらった。

「まってね。すぐに、できるよ。とうができたら、かべも、つくらなきゃ」

そういうと、塔《とう》のうえに、ひらかない左手をうまくつかってつみきをひとつのせた。キナリも、まあ、いつものことだ、とくに気にしない。

「あ」

ヨルビンは、いった。「すごくいい、かもしれないことを、おもいついたかもしれない」

「なあに」

キナリは、いった。

「おうさまは、ぼくがいいんじゃない」

ヨルビンは、じぶんの発見にひじょうにおどろいた、というふうに、いった。

キナリは、鼻からながく息を出すと、おおげさに、腕組《うでぐ》みをする。「ちいさすぎる。ヨルビンは、がんばっても、王子じゃないかな」

「王子じゃないかな、か」

ヨルビンも、まねをして、腕《うで》を組もうとした。いろいろやってみたけど、うまくできなくて、胸に手をあてたみたいになっている。「まさかね。王子とは」

「王子も、かっこいいよ。おうまにものれるし」

キナリは、いった。

「へえ」

ヨルビンは、いった。「かんむりは、かぶれるよね」

「かぶれるよ」

キナリは、いった。「でも、ヨルビンが王子さまなら、王さまはだれだろうなあ」

「あー」

ヨルビンは、その質問には、もう興味がないようだった。王子となると、急に、じぶんのお城という気もちになったのか、しげしげとながめながら、つみきのまわりを、まわりはじめた。

「そうか。王子より年長なのは、このなかでは、ぼくかシアンしかいないのか」

キナリは、いま、おもいついたように、いった。

「いいよ。キナーリ、おうさまでも」

ヨルビンは、ついに、いった。

「え、ぼくが、王さま」

キナリは、うれしそうに、いった。

「あは。そうだ」

つみきにむかったまま、シアンが、いった。「おしろの、いちばん年長は、じいや、だよ」

「そうだ。じいや、だ」

ヨルビンは、きゃっきゃっ、とわらう。「わすれてた」

キナリは、途方《とほう》もないような、ため息をついた。まゆをひそめながら、じいやか、と、あきらめたようにいって、

「でも、そしたら王さまは、どうする？　シアンがやるっていうの」

「あは」

その口ぶりが、すでに、お城の将来を案じる、じいやみたいになっている。

シアンは、つみきから顔をあげ、口を、すこん、とあけた。「王さまは、いても、いなくたっても、いいよ」

「なにいってるんだよ」

キナリは、いった。「王さまのいない、おしろなんて、なんのいみがあるの」

「シアン、おしろはね、おうさまの、すむところだよ」

ヨルビンも、いった。

「みんなで、すんだらいいよ」

シアンは、いった。

「そうはいかない。きっと、こまるよ。せんそうのときとか」

キナリは、いった。

「そう？　へいたいさんがいても？」

シアンは、いった。

「へいたいに、めいれいするのが、王さまなんだ」

キナリは、いった。

「おうさまが、いないと、すぐせめられるよ」

ヨルビンは、いった。

「たいへん」

シアンは、いった。「じゃあ、いそいで、かべを、つくらなきゃ」

そこで、ドアが、ひらいた。フジ先生が登場

した。だけど、三人が、まるで気づいてもくれなかったので、先生はあわてた。

「こら、こら、ちょっと、こっちを見なさい」

「フジ先生だ」

ヨルビンは、うれしそうにいった。「おうまさんが、きた」

「おうまさんではない」

先生は、ひどくがっかりした顔をしたのだが、ひげがのびていたので、気づいたのは、ねこのわたしくらいだった。「お医者さんだ。どっちかというと」

フジ先生のひげ時計でいうと、その日は、たぶん水曜日だった。

フジ先生は、一週間にいちどだけ、日曜の夜に無精《ぶしょう》ひげをそるので、のびぐあいで曜日がわかるのだ。

月曜　つるつる
火曜　あおあお
水曜　じょりじょり
木曜　ちくちく
金曜　くろぐろ

土曜　ぼさぼさ
日曜　森

そして、日曜の夜に、おふろにつかってはシャボンを泡《あわ》だて、へんなうたをうたいながら、ざっく、ざっく、と、そりおとすのだった。〈ちいさなやね〉を建てるとき、診療所《しんりょうじょ》と、はなれのあいだの、雑木林を切りひらいたみたいに。そのあと、したから、つるんとした顔があらわれる。

その「じょりじょり」が、診療所《しんりょうじょ》とのあいだのドアをあけて、おゆうぎ室にやってきたので、水曜日だとわかる。ひげ時計というより、ひげカレンダーかもしれない。

フジ先生の横には、ちいさな女の子。よれよれの白衣のすそに、かくれるようにしていた。前髪《まえがみ》のしたから、目だけは、まっすぐに三人を見ている。

ひかりさすなかに一歩ふみだすと、あごのながさでそろえた淡《あわ》い栗色《くりいろ》の髪《かみ》は、とけだすような金色になった。孤児院《こじいん》の三人は、議論をやめて、まるで、たつまき鬼《おに》や、めがね竜《りゅう》、サトイモ博士など、島々に伝わる怪物《かいぶつ》に出くわしたみたいに、ぽかん、と、見つめかえしていた。

「きょうから、なかまになる、タタだよ。四才だから、シアンといっしょだな。みんな、なかよくしてあげるんだぞ」

　フジ先生はそういって、女の子のあたまに、やさしく手をおいた。

　男の子たちは、しばらくかたまっていたけど、

「ぼく、ヨルビン」

　年少のヨルビンが、すわったまま口をひらいた。「とくにいみはないけど」

　この、とくにいみはないけど、というのは、ヨルビンの口ぐせ。

「いみはあるんじゃない。名前なんだから」

　キナリは、年長らしく、しっかりと立ちあがって、いった。「ぼくは、キナリ」

「じゃあ、さ」

　ヨルビンは、キナリを見あげて、きいた。顔をあげると、そろえた前髪《まえがみ》が、左右にわかれる。「ヨルビンって、どんないみだとおもう?」

「わかんないけど。ちびっ子とか?」

　キナリが、いうと、ヨルビンは、へえ、といって、考えこんだ。

　もうひとりは、いつのまにか、城づくりの作業にもどっていた。

「ほら、シアン」

　フジ先生は、呼んだ。「どうしたんだ。あいさつしなさい」

「そうだった」

シアンは、塔《とう》から目をはなさずに、いった。「ぼくは、シアン。いま、だいじなとこ
「はずかしがってるんだよ、きっと」

フジ先生はいって、かがむと、不安そうに見あげていた、タタという子の瞳《ひとみ》を、のぞきこんだ。

「お昼ごはんまで、いっしょに、あそんでなさい。なにかあったら、さっき見た診察室《しんさつしつ》にいるからね。ぼくか、ネイを呼びなさい。遠慮《えんりょ》しないでいいんだよ」

そういって、女の子のあたまを、ひとつなでて、出ていった。

「……なにして、あそぶ？　つみき、すき？」

キナリは、おそるおそる、きいた。

ドアのしまる音が聞こえると、質問にはこたえず、タタは、おゆうぎ室を、はしからはしまで見まわした。片手を、スカートの腰《こし》にそえている。

シアンも、かたむいた塔《とう》をささえながら、ふりかえった。

子どもにしては、つんとした、鼻先をあげるようにして、まゆ毛にかかる前髪《まえがみ》を、うるさそうにはらった。そして、それまでとはべつの子になったような、きびしいまなざしで、三人の男児を見てから、タタは、いった。「へえ。これで、ぜんいんなんだ」

三人は、あっけにとられたように、目をぱちぱちしている。

「だい、ちゅう、しょう、ってとこね。さあ、あたしとあそびたいのはだれ？」

窓ぎわの棚《たな》のうえで日を浴びていたわたしは、にゃあ、と、わらいそうになる。女の子っていうのは、なんだか、ねこに似たいきものね。

「はあい」

ヨルビンが、おずおずと、手をあげた。

「はい」

キナリも、手をあげる。

「わあ、うれしい。あんたは」

タタは、だい、ちゅう、しょうの、ちゅうに、いった。

シアンは、とまどっていた。塔《とう》のてっぺんをかたちづくる、三角のつみきに、苦労していたところだった。

「ここが、むずかしいんだけど」

「あそぶの。あそばないの」

タタは、腰《こし》に、両手をあてた。

「うん。でも、これができてから、のほうがいいみたい」

シアンの口は、ゆっくりひらいて、とじる。ことばが、生まれてくるのが見えるみたい。最後は、あー、とひらいたけど、なにもいわず、きゅっととじて、まるいほっぺをもぐもぐさせた。

タタの口も、ぽかんとした。

「わたしとあそぶより、つみきがだいじなの」

「あは」

シアンは、いって、両手は塔《とう》をささえたまま、首を、もじもじとうごかした。

「もういいわ。まえにいた、マチバリ島のお友だちにも、こんなのろまな子いなかった」

といって、タタは、キナリとヨルビンに、目をもどした。

「どう。おそとであそばない？」

「うん」

ヨルビンは、目をかがやかせて、ぴょんと立ちあがった。キナリも、うなずいた。

「ぼくは」

シアンは、いった。「おしろをしあげてから、行くよ」

「ふうん」

タタは、いった。

「おしろと、とうができたら、かべをぐるりとつくるんだ。そうしないと、あぶないんだ」

シアンは、いった。

「シアンも、行こうよ。せっかくあたらしいお友だちがきたのに」

キナリは、いった。

「おしろは、へいきだよ。どうせ、おうさまも、いないもん」

ヨルビンは、いった。

「王さまが、いないの？」

タタは、いった。

「いなくても、いいんだって。シアンが」

ヨルビンは、いった。

「王さまは、いなくても、いい。でも」

シアンが、いった。「おひめさまなら、いても、いいかも」

「おひめさま」

「おひめさま」

ヨルビンとキナリは、その耳慣れないことばを、じゅもんのように、となえた。

「ふうん」

タタは、いった。栗色《くりいろ》の前髪《まえがみ》のしたの目が、細くなる。そして、いまや、じぶんのものになるかもしれない城を、じっくりとながめた。「おおきなふんすいのある、おにわがあると、いいわね」

わたしは、にゃっと、ふきだしそうになった。シアンって、ふしぎな子だ。そのあと、つみきのお城づくりに、タタがすっかり夢中になっていくのを見ながら、わたしは、おもった。みなが、にぎやかに、庭や、噴水《ふんすい》、おひめさまの馬車などをつくっているあいだ、いいだした本人は、ふらふらするつみきの塔《とう》をささえるのに、いそがしそうだった。

茶色パンと、お魚サラダのお昼を食べて、おひるねをする。起きたら、ネイとさんぽ。それから、お絵かきのじかん。わたしは、ついていかなかったけど、さんぽから帰ってきたころには、四人は、はやくも、もとからの友だちのようになっていた。

晩ごはんは、フジ先生もいっしょ。診察《しんさつ》がとくべつおそくなる日でなければ、そろって食べるようにしていた。〈ちいさなやね〉のまんなかの、食堂に集まって。

いつものテーブルに、ひとりふえたから、子どもたちは、興奮ぎみ。ネイが、台所からお皿やボウルをはこんでくるたびに、あしのとどかないいすをかたかたさせて、タタに説明している。

「あ、ひつじのソーセージだ。おいしいよ」

これは、ヨルビン。

「たまごといっしょに、ごはんパンにはさむんだ」

これは、キナリ。

「ごはんパン？」

タタは、いった。

「このしろいパンだよ」

キナリは、かごを指さした。

「この島では、なぜか、そういうんだ」

フジ先生は、いった。

台所は診療所《しんりょうじょ》のほうにあったので、料理は、おゆうぎ室を通って、ここまではこばれる。不便だけど、昼のあいだ子どものいる、おゆうぎ室を診療所《しんりょうじょ》のとなりにして、ねどこがはなれのとなりになるように、このつくりになったんだね。

「いまは、めんどうだけど、子どもたちが、もうすこしおおきくなったら、手伝ってくれるとおもうの」

ネイは、そういっていた。

そのネイが、おぼんや、なべや、お皿をもって、いそがしそうに出入りする。わたしはふまれないように、壁《かべ》に身をよせながら、からっぽのごはん皿のまえに、かしこまって、すわっていた。

ねこなりの知識で解説すると、お昼の茶色パンは、木の実や豆を粉にして焼いたもの。焼かずにまるめてスープに入れることもある。一方、白いごはんパンは、小麦粉からできている。あまみがあっておいしいけど、手に入らないときもおおい。ひとつで、一食になることもできるから、ごはんパンというのかもしれない。

「いただきましょう」

ネイは、台所にちかい席にかけて、いった。

「さて、ネイのごはんがいちばんだということは、わかっているが」

フジ先生は、重々しく、いった。フォークとスプーンを両手ににぎり、旗のように立てている。「どのくらい、いちばんかな」

「町で、いちばん」

ヨルビンが、いった。

「そんなもんかい？」

フジ先生は、フォークをテーブルにおき、ため息をついた。

「ぜんぶの島で、いちばん」

キナリが、いった。

「そんなもんかい？」

フジ先生が、スプーンを、ぱたり、とおいて、いった。

「せかいで、いちばん」

三人の子どもたちは、いっしょに、フォークやスプーンを立てて、いった。

「あら、うれしいわ」

ネイは、わらった。土《ど》なべから、魚のスープをよそいつつ。「さめないうちに、どうぞ」

「せかいいちなの？」

タタは、いった。

「おどろいたろう」

白衣をぬいで、茶色のしまのセーターになったフジ先生は、いった。「こんな島に、世界一のごはんがあったなんて」

「せかいじゅうのごはんを、たべたことなくても、わかるのかしら」

タタは、いった。おそるおそる、スプーンで魚をつつく。

「うーん。タタは、かしこいなあ」

フジ先生は、いった。「どうだい。ヨルビン」

「わかるよ。せかいいちだって」

「どうして」

タタは、きいた。

「だって、ネイが、つくったから」

ヨルビンは、いった。タタは、フジ先生を見た。

先生は、ひげのなかで、うれしそうにわらったけど、なにもいわなかった。

「へんなひとたち」

ネイは、いって、タタに目くばせをした。「食べるまえに、よくこんなことというのよ。おいのりみたいなものなの。さあ、めしあがって」

わたしは、ここぞとばかりに、にゃーんと鳴く。

「あら、カモメのごはん、わすれてた」

「ねこさん、カモメっていうの」

タタは、わらった。

ごめんねえ、カモメ、といいながら、ネイは、土《ど》なべのお魚をわたしのお皿にとりわけた。「あついから、すこし、まってね」

「カモメ、おこってる」

キナリは、いった。

いいえ、ねこは、そんなみみっちい理由では、おこらない。きげんがわるいとしたら、名前をわらわれたせいね。

「これが、すいしょうのソース」

ヨルビンは、テーブルのふたつのびんの、かたほうを指さした。手ふきガラスの透明《とうめい》なびん。かたちはおなじで、なかみの色がちがう。「こっちは、かれはのソース」

「ヨルビン、水晶《すいしょう》は、なんだっけ」

ネイが、魚の身をスプーンで口にはこびながら、いった。

「すいしょうのソースは、すきとおってる。ぴりっとして、やさいにかけるの」

「枯葉《かれは》は?」

「どろっとして、あまくて、おにくと、さかな」

「これは、どっち?」

タタは、おいものコロッケを、フォークでわりかけて、いった。

「ほんとは、どっちでもいいの」

ネイは、わらった。「この島のひとは、なんにでもかけるのよ。むかしから伝わるソースで、いかにも、ラーラっぽい味ね。どっちがあうか、ためしてみて」

「タタのいた、マチバリ島は、ずいぶんとおいんだ。ちがうこともおおいだろうね」

フジ先生は、魚のながい骨を、ひげのしたの口から手品のようにひっぱりだして、いった。「大陸のこっち、ノルツの海には、八百から、千八百の島がある。となりの島に行くだけでも、ものの呼び名が、通じないことがある」

わたしは、もう皿までなめおえたので、先生のいすのしたで、ねそべっていた。魚じたいの塩味があれば、なんのソースもいらないとおもうけど、にんげんにはうすいみたい。

「キナリ。これ、なんていう？」

フジ先生は、スープのなかの青いくきをフォークにさして、もちあげた。

「フーロ」

キナリは、いった。

「そう。でも、となりのシャクナゲ島では、フフロロっていうんだ」

キナリは、あはは、とわらった。

「おかしいだろう。でも、シャクナゲ島のひとは、フーロのほうが、へんに聞こえるんだよ」

「へえ」

ヨルビンは、びっくりした顔をした。「シアン、しってた？」

シアンは、魚の骨をぬきとるのに夢中で、聞こえていないようだった。

「マチバリ島では、なんていってた？」

フジ先生は、タタにきいた。

「そのやさい、なかった」

タタは、コロッケのはんぶんに枯葉《かれは》のソース、もうはんぶんに水晶《すいしょう》のソースを、慎重《しんちょう》にたらしながら、いった。

「まさか？　フーロがない？」

フジ先生は、おどろいていい、そのくき野菜をしげしげと見つめた。「そういえば、大陸にいたときも、見なかったような気がしてきた。でも、フーロがないなんて。魚の煮《に》こみにも、まんじゅうのあんにも、つかうのに」

「タタがいうなら、そうかもね」

ネイは、いった。「先生より、ずっと、ちゃんとものを見ているわ。お絵かきも、すごくじょうずだったし」

「じょうず、そう、すごく、そうだった」

ヨルビンが、おおきな声をあげた。はずみに、口から、ごはんパンのかけらが、テーブルのうえにとび、それを、じっと見た。「とくにいみはないけど」

「どうもありがとう」

タタは、いった。

「やっぱり、女の子は、ぜんぜんちがうわね。すごくおとな」

ネイは、なぜか、じまんげにいった。

「そうだね」

ヨルビンは、いった。「先生より、おとなだね」

「そうなのか」

フジ先生は、がくぜんとしたようにいう。

「そんなことない。先生のほうが、おとなだよ」

キナリは、いった。「ひげが、すごいし」

「うれしいよ」

フジ先生は、いった。「理由は、ともかくとして」

「どっちのソースもおいしい」

タタは、コロッケを食べて、いった。

「おお、口にあうか」

フジ先生は、いった。「それならきっと、すぐこの島になじめるぞ」

みんなが食べおわるころに、シアンは、ようやく魚の骨をとりおえたらしく、右手のフォークで口にはこび、もぐもぐしはじめる。タタは、そのようすを、ふしぎそうに見ていた。

晩ごはんのあとは、診療所《しんりょうじょ》にあるおふろ。おふろを出たら、おゆうぎ室と食堂を通りぬけて、ねどこに行く。ネイは、タタのベッドを整え、洗いものを先生にいいつけると、ひとりぐらしの家に帰っていった。フジ先生は、皿を洗ってから、ねどこをのぞいた。四人の寝息《ねいき》を聞いてから、戸じまりをし、月のまるい空のしたを歩く。わたしは、ついていった。

とおくに、しおさい。あたりに、雑木林の葉ずれの音。春の夜風は、まだつめたく、一日の終わりを教えてくれる。はなれは、子どもたちのねどこの、すぐとなりなのに、わざわざ、そとをぐるりとまわる。みんなを起こさないため、というのもあるけど、〈ちいさなやね〉を生《い》け垣《がき》ごしに見ながら、だいすきな丘《おか》のうえを歩く、一日のしめくくりの時間が、先生にはきっとしあわせだったんだね。

それから、先生のひげ時計が二周ほどして、タタも、すっかり、なじんだころ。

あたたかい日がつづいていたけど、ヨルビンが、かぜをひき、それが、キナリにうつってしまった。診療所《しんりょうじょ》の子どもだから、手あつい看病は、まちがいない。入院用のベッドに、重病患者《じゅうびょうかんじゃ》のようにねかされて、看護師のネイがつきっきり。ぼく、もう、よくなったみたい、とヨルビンがうったえても、むだだった。

だけど、いちばん迷惑《めいわく》したのは、タタだった。おそろしく、退屈《たいくつ》してしまったのだ。あそびあいては、ひとりしかのこっていないし、そのひとりは、さっきから、前庭の砂場で、じいっと、しゃがんだままだ。

なにかたのしいものでもつくってるのかしら、とのぞいてみたら、掘《ほ》りかけの穴が、いくつかあるだけ。子ども用の、木のスコップが転がっている。

「シアン」

呼びかけても、答えはない。よく見ると、砂のうえを通りすぎていく、ありの行列を見つめていた。

「シアンってば」

タタは、シアンの腕《うで》をつかんで、ぐっとひきあげた。シアンは立ちあがるどころか、波がくずれるように、そのままひっくりかえった。タタは、きゃっといって、しりもちをついた。

あおむけになったシアンは、しばらく空を見ていたけど、われにかえって、

「あ。タタ」

と、いった。なんで、じぶんは地面にねころんでるんだっけ、というように。

「あぶないじゃない、ばか」

タタは、いった。

「あは」

シアンは、なぜかわらって、起きあがる。「ころんだ」

「そうだ」

タタは急にいって、じぶんでもいいおもいつきだというように、目をかがやかせた。

「うしさんのとこに行かない？」

「うしさん？」

「このあいだきいたの。ちかくにぼくじょうがあって、いつも飲むぎゅうにゅうがそこからきてるって。どうせねっころがるなら、草はらのうえのほうがいいでしょ」

「あは」

シアンは、わらった。

「あは、ってなに。しってるの、しらないの」

タタは、いった。

シアンは、とっとと歩きだした。ズボンのおしりも、せなかも、砂だらけのまま。

「こっちだよ」

「まってよ」

タタは、いって、ひなたぼっこしていたわたしに、ふりむいた。「カモメも、行こ」

そして、シアンのあとをついて、ぶつくさいいながら、歩きだした。

「まったく、のろまのシアンとあそぶくらいなら、カモメのほうが、まだましね」

それ、どっちにも失礼だわ、とおもいながらも、わたしは、砂場を横ぎって、ついていく。


港にむかう細い道を、いったんくだり、雑木林の切れ目から右のわかれ道に入ると、そのさきは、急なのぼり坂になる。白い花が咲《さ》いている草のなかの小道をシアンのあとについてしばらく歩いていくと、風のにおいがかわって、小高いはらっぱに出た。

診療所《しんりょうじょ》よりすこし高い、丘《おか》のうえのはらっぱからは、海が見えた。なにもさえぎるもののない青空に、雲が浮《う》かんでいた。空の雲よりもっとおおく、海にはちいさな島があった。

「うわー」

タタは、いって、走りだした。くつのうらで、草がすべって、わらうような音を立てた。

草原は、背の低い芝《しば》やおおばこだけど、ねこの身には歩きにくい。おおまたで追いかけようとして、ふと、ふりむいた。

シアンは、髪《かみ》の毛《け》を風に吹《ふ》かせたまま、立ちすくんでいた。

そのむこうに、白い柵《さく》が見える。うしのほかに、ひつじも、やぎもいる。牛乳のかわりに、やぎミルクがとどくこともあるのだ。

「タタが、うれしんでる」

シアンは、とつぜん、そういった。うれしんでる、なんて、へんなことば。よろこんでるっていいたいんだな。

「タタは、かぜや、くもが、すきなんだ」

シアンは、シアンにしては、おおきな声でいった。草がなびいて、その声が、風に吹《ふ》きとばされて、空のうえのほうで、くだけた。

シアンこそ、うれしんでる、ってわたしはおもった。シアンは、だれかがうれしそうなのが、鏡のように、うれしいんだな。じぶんのなかから出てくる、よろこぶ、じゃなくて。

「え、なんていったの？」

タタは、かけながらもどってきて、そういった。はおっていたカーディガンをぬいで、両そでをつかんで、羽のように風に吹《ふ》かせて、走りまわっている。

柵《さく》のそばまで行って、かけぬけるから、物見高いうしや、やぎがよってきて、ますますタタをわらわせた。「シアンも、やってみる？　とりになったみたいよ」

シアンは顔をかがやかせ、レモン色のカーディガンをかりて、走りだした。きゃっきゃ、と、タタは、わらう。わたしの目の高さから見ると、青空のなかにシアンはいて、ほんとうにとんでいるみたい。とりにしては、どんくさいけどね。風がつよく吹《ふ》くと、左手からカーディガンがはなれてしまう。なんども、なんども。

ふたりは、はしゃぎつかれて、草にばたりとなって、うしが、もー、と鳴いて、いっしょにわらった。「シアンって、どこからきたの?」

タタは、あおむけのまま、いった。

「わかんない」

シアンは、いった。空にむけた顔は、わらったままだ。

ふうん、と、タタはいった。

「わたしは、マチバリという島で、おじいちゃんとおばあちゃんのとこにいて、ふたりともなくなってしまったの。そしたら、近所のひとが、ラーラという島にわたしのしんせきがいるといって、つれてきてくれた。だけど、さがしてみたら、とっくにひっこしていなかったわ。それで、フジ先生のとこにきたの」

じぶんのことが、しっかり、わかっている。シアンとおない年くらいとおもえない。

「あは」

なにがおかしいのか、シアンはわらった。

「ねえ、その手、どうしたの」

タタは横をむき、草ごしにシアンを見て、いった。

「なんでもない」

シアンは、いった。

「さわらせて」

「だめ」

「ふうん。見るだけは？」

シアンは、左手を、しぶしぶさしだした。「ふつうの手だけど」

タタは、からだを起こして、その手を見た。「ひらかないの？」

「そう」

シアンは、いった。ねころがったまま、指がかたまったじぶんの手を、空にかざすようにしていた。

「いたいの」

「いたくない」

「いたくなかったら、さわったっていいじゃない」

タタは、ひざをまげてすわりなおし、シアンの手首を、そっとつかんだ。

わたしは、ふたりを見ていたら、知らないうちに、フゥゥー、と声がもれていた。

これは、なに？

ねこは、にんげんよりも、もともとずっと耳がいい。だけど、聞こえてきたのは、その何倍もの、たくさんの音。いま、とおくのかすかなしおさいや、草原をなびかせる風にまじって、ここにはない音までしている。せなかの毛が逆立つのが、わかった。

なにが、起こってる？

「このおと、どこからするの」

タタは、いった。声をひそめて。

「なんのおと」

シアンは、いった。目をぱちくりさせて。

「このおと」

タタは、巻貝のようなシアンの左手に目を落と

したまま、いった。そして、そうっと顔をちかづけ、耳にあてた。「うみのおと」

「きこえた」

シアンも、いった。「うみのおと」

「ううん」

タタは、とおい、やわらかい目をして、いう。「おもいだした。これ、おかあさんの、おなかのなかの、おとよ」

「おかあさん」

シアンは、ねころんだまま、いった。

「おもいだした。まえにも、こんなことあった」

タタは、いう。見通しのいいはらっぱなのに、その声は、まるで、まわりを見えない壁《かべ》でかこまれているように、はねかえって、ゆらいだ。

「ぼくの手にさわったこと？」

タタは、首をふった。

「ちがうの。風にのるみたいに、走ったこと」

「どこかで？」

シアンはきき、

「ここでよ。きっと、ここだとおもう」

タタは、こたえた。

ふたつあるはずの声が、さっきから、まじってしまっている。わたしは、いつのまにか、おびえていたのをわすれて、うっとりと聞いていた。港によせる波の音の、ひとつひとつが区別できないように、ふたりの話し声が、とけて、にじんでいた。

「もっと子どものとき？」

シアンは、きいた。シアンの声が二重になって、タタの声も二重になっている。だから、ふたりの声があわさると、何重にもかさなっている。

タタは、いった。いつのまにか、目をとじていた。「ううん。もっとまえ。おかあさんのおなかのなかにいるとき」

「へえ」

シアンは、いって、ようやく、起きあがった。ふたりは、むきあってすわり、手をとりあっているふうになった。「いいね」

「おもいだしたの。いまみたいに、おかあさんが、走ってたの。だから、わたしも、おなかのなかで、いっしょに走ったのよ。たのしかった！　たのしかった！」

「あは」

シアンは、わらった。「タタ、よかったね。おもいだして、よかったね」
わたしは、その場所にあふれていた、ふしぎなちからに、吹《ふ》きとばされそうな気がした。ひげが、ちりちりとしてきた。もういちどたしかめるように、白い柵《さく》へかけだすタタを横目に、わたしは、いつのまにか、丘《おか》をおりて、いちもくさんににげだしていた。

「どこ行ってたの。心配したー」

丘《おか》から帰ってきたふたりを、手伝いのリネンさんが、庭先で、むかえた。泣きそうな顔をして、首すじで束ねたながい黒髪《くろかみ》が左右にふれるくらい、じたばたしていた。

リネンさんの生まれは、ここから船で数時間の、缶詰島《かんづめじま》。かなりのおじょうさまらしい。いまは、ラーラのちかくの島にひとりぐらしで、週になんどかそこから通っている。

「きてみたらだれもいないから」

リネンさんは、エプロンすがたで、おろおろしていた。

「おかに行ってた」

タタは、いった。

「丘《おか》かあ。いってくれればよかったのに」

リネンさんは、くやしそうにいう。

「だって、リネンさん、さっきいなかったよ」

タタは、いった。

「そうだった。でも、そういうときは、ネイさんや、フジ先生にいうのよー」

リネンさんは、いった。

そのとき、病院のほうから、庭づたいにきたのは、フジ先生。木から垂れさがったつるをくぐってあらわれた。

「丘《おか》のほうに行ってたんですって」

リネンさんは、いった。

「ほら。心配しなくていいって、いったろ」

フジ先生は、タタとシアンのあたまを、ぽん、となでた。

「フジ先生」

たちまち、リネンさんの声が、とがった。「なんかあったらどうするんです」

「おお……」

フジ先生は、すぐにひるむ。

「子どもたちの保護者という、気もちはないんですか」

あるさ、と、先生はいった。「おまえたち、とおくに行くときは、リネンさんか、ネイにいうんだよ」

「それは、もう、いいました」

リネンさんは、きびしく、伝えた。

「そうか。高台はたのしかったか。なにしてたんだい」

フジ先生は、急におもいついたように、しゃがみこんだ。目が、あわただしく、ぱちぱちしている。ちなみに、本日のひげは、月曜日。つるつるなので、顔色がよくわかる。

「わたし、しってたの」

タタは、いった。

「知ってた?」

フジ先生は、いった。

「うん。あのおかで、ずっとまえに、あそんだことあった」

「へえ。ほんとうかい」

フジ先生は、リネンさんのほうを見あげた。「ほんとかな」

「似てる場所を、知ってたのかしら。まえにいた、マチバリ島で」

リネンさんは、きいた。

「ううん。ほんとうに、あそこだったの。たくさん、走った」

タタが、わらったので、シアンもつられて、ぴょんと、とんだ。

「もっとまえだったら、タタは、まだ、走れなかったろう」

と、フジ先生。

「ううん。おかあさんの、おなかのなかで、いっしょに走ったの」

タタは、シアンを見てわらい、シアンも、あは、とわらう。

「あはは。おなかのなかにいたの、おぼえてるのかあ」

フジ先生は、冗談《じょうだん》めかして、いった。「子どもはおもしろいねえ。リネンさん」

「ええ」

リネンさんは、わらいもせず、いった。「ときどき、あることです」

「え？」

「ちいさい子が、ことばをおぼえると、生まれるまえの話をすることがあるの。成長すると、なぜかわすれてしまうんですけど」

「でも、子どものいうことだから」

フジ先生は、まゆげをよせて、いった。

「あら、信じてらっしゃらないの？　ほんとうよね、タタ」

「うん。おもいだしたの。シアンと、あそんでたら」

シアンも、うなずいてから、虫でもいたのか、首をぱちんとたたいて、きょろきょろした。

「もっと話してくれる？」

そういって、リネンさんは、しゃがみこんだ。それをとどめるように、フジ先生は、質問した。「ラーラの高台と、おぼえていた場所が、どうして、いっしょだとわかったんだい」

「かぜのおとと、うみのにおいが、おんなじなの」

タタは、いった。「あと、うしさんと、やぎさんの声も、草のにおいも」

「そうかあ。おかあさんのおなかのなかでも、音は聞こえるの？」

フジ先生も、ひざに手をついて、腰《こし》をかがめた。

「きこえる」

タタは、いった。

「でも、海や、草の、においはしないだろう」

「したよ。おんなじだった。おかあさんが走った、白いさくのちかくを、わたしもかけてみた」

タタは、興奮ぎみにいって、シアンを見た。「おかあさんは、おなかにわたしがいたから、ゆっくりだったけど、わたしは、すごく、はやく、走った！」

「白い柵《さく》も、見えてたのかあ」

フジ先生は、うなった。

「ちゃんと見たの。おぼえてたんだよ」

タタは、じまんげにいった。

「百歩ゆずって、音は、聞こえていないとは、いえない。でも、さすがに、風景や、においまでわかるはずないだろう」

フジ先生は、腰《こし》をのばして、首のうしろを、ぼりぼりかいた。

「あら、どうして？」

「どうして、だって！」

ついに、フジ先生も、突拍子《とっぴょうし》もない、という声をあげた。「だって、おなかのなかから、ていないんだよ」

どうして、見たり、かいだりできるというの。だいいち、目も、鼻も、まだちゃんとでき

「わたしは、そっちのほうがふしぎ」

リネンさんは、おだやかに、いった。「おかあさんが、見たり、かいだりしたものが、どうして、からだのなかにいる赤ちゃんに、伝わらないっておもえるのかしら」

「きみは、むかしから、そういうとこがあるね」

フジ先生は、いった。

「あら、どういうとこですか」

リネンさんは、しゃがんだまま見あげて、いう。

「かんじたように、信じようとする」

むりやりのように、唇《くちびる》のはしでほほえんだのが、ひげのないせいで、よくわかった。

リネンさんは、それにはこたえなかった。ため息をつきながら、立ちあがった。背の高いフジ先生とならんでも、そんなにかわらない。

「この海には、赤ちゃんがおなかにいるうちから、一才とかぞえる島が、いくつもあります。生まれるまえから、ちゃんとひととして見ているの。缶詰島《かんづめじま》も、そうだった」

「まあ、ぼくは男だから、わからないこともあるが」

フジ先生は、いった。

「男か、女かじゃないわ」

リネンさんは、いった。「りくつで考えすぎるのよ、先生は」

「先生は、やめてくれ」

「先生は、先生でしょ」

リネンさんは、腰《こし》に手をあてた。

「男は、どうしたって、じぶんでは産めないんだ。赤《あか》ん坊《ぼう》が、じぶんのなかで、どうしているのか。きみのほうが、わかるだろう」

「それをいうなら、わたしだって、産んだことはない」

リネンさんは、いった。「でも、赤《あか》ん坊《ぼう》だったことは、ある」

「おなかのなかの記憶《きおく》が、あるってのかい」

フジ先生は、まゆをひそめ、おもわず、声をつよめた。

「ないわ」

リネンさんは、いった。「フジくんは?」

「ない。おぼえてたら、こんなこといわないさ」

「でしょうね」

リネンさんは、いった。「おぼえてたらいいな、とは、おもわない?」

フジ先生は、首を、横にふった。

「タタは、あんなにうれしそうだった。子どもの気もちが、もうすこし、わからないと」

「おとなは、おとなさ。子どもじゃない」

「どうして、こんなひとが、孤児院《こじいん》をはじめたのかしら」

リネンさんは、あきれたように、いった。

「ぼくも、孤児《こじ》だったから」

フジ先生は、いった。「いまの父母には、大学まで行かせてもらったけど、ほんとの親じゃないんだ」

「へーえ」

リネンさんは、はじめて聞いたのだろう、すこしうろたえながらも、いった。「そんなの、めずらしくもないわ」

「じぶんの子じゃなくても、ひとは、親になれる。ましてや、じぶんで産むことのない、男は、だからこそ、平等にみんなの親になれるって、おもうんだ」

「女は、平等じゃないって、いいたいみたいね」

リネンさんは、腕《うで》を組んで、あごをつきだした。

タタは、ふたりの顔を、きょろきょろと見て、こういった。

「あっちであそばない、シアン」

シアンは、うなずいた。「なかで、おえかきする」

旧《ふる》い知りあいだとは聞いていたけど、フジ先生とリネンさんが、こんなふうに話してるのを、わたしははじめて見た。タタがやってきたことで、〈ちいさなやね〉が、急に、いきもののようにうごきだした気がした。

あの、ぼんやりしたシアンでさえ。

燃える船で流れついた、あの夜のできごとを、シアンはおぼえていなかった。もちろん、そのまえに、どこにいたのかも。暗い焦《こ》げ茶《ちゃ》かとおもってたら、ひかりによっては青くなるのよ、と、ネイがいう、ふしぎな瞳《ひとみ》の色。そのせいか、なにを考えているのか、わからない子だった。ひらかないはずの巻貝の名をもつシアンの、うちにあるなにかが、ひらきはじめたように、わたしには、おもえたんだ。

二　巻貝のひらくとき

それから何日かあと。ひげカレンダーでいうと「ちくちく」。木曜日だ。

あたたかい日と寒い日が入れかわりだったのが、ぽかぽかした日だけになって、春、になる。

「春だねえ」

と、いっていたにんげんたちが、ほんとに春になると、なにもいわなくなるのは、ふしぎ。ねこには、けんかと恋《こい》の季節。気もちが、なんだか、毛羽だってくる。さわると、ぱちっと、静電気がはじけそう。または、しゅんしゅんわいた、なべのお湯のよう。

そんな春の木曜。朝ごはんのあと、フムスが、母親とやってきた。フムスのおとうさんは、去年の夏、船の事故で亡くなった。おかあさんは、週に二日、缶詰島《かんづめじま》で働くため、海を渡《わた》っていく。おばあさんがあずかれない日は、〈ちいさなやね〉のお友だちになるんだ。

お皿をさげおわって、みんながおゆうぎ室に行くと、フムスが、まるでじぶんちみたいに、まちかまえていた。よくきたな、とでもいいそう。くるくるカールした髪《かみ》の毛《け》。そでのみじかくなったシャツ。五才だから、キナリといっしょぐらい。

「よう」

フムスは、いって、よってくる。船の時間にはまだ間があって、母親は、おゆうぎ室のすみで、ネイと立ち話をしていた。

「あ、フムス」

シアンは、いって、タタのほうを、見た。「あれ、フムスだよ」

フムスは、知らない女の子がいたので、目をまるくした。「だれ」

「これ、タタ」

シアンは、いった。「はじめまして」

「なんで、あんたが、いうの?」

タタは、びっくりして、いった。

「あれ、キナリと、ヨルビンは?」

フムスは、いった。

「にゅういん、してる」

シアンは、いった。

「すげえ」

フムスは、いった。

「そうなの。たいへんじゃない」

フムスのおかあさんは、子どもたちの会話を聞きつけて、おどろいた。

「いいえ、かぜをひいただけなんです」

ネイは、うちけすように、わらった。「ほかの子にうつらないように、病室にねかせてます。入院といえば、入院ですけど」

「あらあら」

おかあさんは、いった。「でも、こんなとき、病院だから安心ね」

「安静にされすぎて、ふたりは、災難みたいですけど」

ネイは、わらって、おかあさんを送りだした。「フムスちゃんは、ご心配なく。気をつけて、行ってらしてね」


春のひかりが、前庭をみたしていた。目のあらいすき紙に白の絵の具をはいたように、あたりは、やわらかく、かすれて見える。きらきらしたビー玉のような木もれ日を、あっちこっちに、はじきとばすように、枝葉のかげがうごく。タタとシアンは、フムスと、なわとびをしていた。ふたりが両はじをもち、もうひとりがまんなかをとぶ。タタに教わったあそびだった。

「シアンの手は、ふしぎなの」

午後のおひるねのとき、タタは、いった。子どもたちは、すこしはやく目がさめてしまい、マットにねころんだまま、おしゃべりしていた。

「しってる。ひらかないんでしょ」

フムスは、ごろごろと回転しながら、いった。おひるねは、ねどこではなく、おゆうぎ室で、いっしょにするのだ。

「よく見てみて。ふしぎなかんじがするから」

タタは、主張した。シアンは、タオルケットから左手をひっぱりだされ、おどろいたのと、まだねむたいのとで、目をしばしばしている。

「ふうん。どこが?」

フムスは、もぞもぞとはってきて、その左手に、くっつきそうなくらいちかくで、よく見た。「シアンそっくりだ」

「シアンそっくり?」

タタは、いった。

「シアンっていう貝だよ。ラーラのすなはまでとれるやつ。シアンの手は、シアンにそっくりなんだ」

「それで、シアン、なのね」

タタは、感心して、いった。

「貝がらだったら、うみのおとがするかな」

フムスは、ふざけて、シアンの左手に耳をのせるように、くっつけた。

「あは」

シアンは、くすぐったそうに、いった。

あのかんじだ、と、わたしはおもって、マットのすみから、ひょいと、窓ぎわの棚《たな》のうえに避難《ひなん》した。

丘《おか》のうえで、タタにうちよせた、あれが、くる。

フムスは、干し草色のあたまの、つむじをこっちにむけて、目をとじかけていた。まくらにひじをつき、シアンの手を耳にあてたまま。

にんげんには、かすかすぎるけど、ねこの耳なら、くっきりわかる。波の音。でも、ふだん聞く、港にぶつかる潮の音色とはちがう。たとえば、海の底にしずんだら、とおいあたまのうえで鳴るだろう、海面の、波の音。空のかなたを、吹《ふ》いていく風のように、かすかなひびき。凪《なぎ》にかわったあとに、耳のなかだけにのこっている、嵐《あらし》の息づかい。

「うみのおと、してる？」

タタは、のぞきこむように、きいた。

「なんかしってるおと。なんだっけ」

フムスは、目をとじたまま、とろとろと、いった。

「おなか？」

タタは、いった。

「ああ。おなかのなかの、おと」

うすくひらいていたフムスのまぶたが、とりがつばさをたたむように、やさしくおりた。

「きこえる。とうちゃんの声だ」

フムスは、話しだす。そのことばが、うすいふとんに、しずかにつもっていく。「よくきてくれた。よくきてくれたなあって」

「あは」

シアンは、くすぐったそうに、わらった。「よくきてくれたなあ」

「いつ出てきても、あんしんだぞ。なにがあっても、だいじょうぶだ。うちには、しっかり、たくわえがあるのさ」

フムスは、いった。

「あんしんだぞがあるのさ」

シアンは、いった。

ふたりの声が、とけあってくる。ふしぎなしおさいの音や、庭の枝葉のささやきが、それをかきまぜる。にんげんよりも何倍もいい、わたしの耳をぴんと立てても、ふたつの声が、区別できなくなる。

「おかあちゃんには、ないしょだぞって」

「いつもくたびれて」

「ねてるおかあちゃんのおなかに」

「はなしかけてくるんだ」

「こっそり」

「うれしそう」

「わらってるとうちゃん」

これは、もう、どっちがいったか、わからない。

フムスは、ゆっくり、うたをうたいはじめた。はなうたのような声が、やわらかなかげになった、午後のおゆうぎ室をみたしていく。

オーロンの　きの　さきに
オーロンの　はなが　さく
そしたら　ぼくらは　ゆめを　みよう
オーロンの　みがなって
なんどでも　なんどでも
オーロンの　きが　めぶくよう

「おうただ」

シアンは、いった。

「とうちゃんが、うたってる」

フムスは、いった。

「オーロンの」

シアンは、たどたどしく、おぼえたふしをたどる。

「きのさきに」

フムスも、うたう。ときどき、タタも、なぞって口ずさむ。

なんども、なんども。

くりかえし、くりかえし。

そうしてうたっているうちに、いつのまにか、マットのうえで、くったりとねむってしまう。まるで、干しひもから地面に落っこちた、三つの洗濯《せんたく》ものみたいに。


とおくに、汽笛が聞こえた。のりあいの客船が、港についたらしい。缶詰島《かんづめじま》から帰ったフムスの母親は、ちょうど晩ごはんを食べおわったころに、孤児院《こじいん》のドアをたたいた。

「おかえりなさい。おつかれさまでしたねえ」

玄関《げんかん》にむかえに出たネイは、いった。

壁《かべ》のむこうの、おゆうぎ室から、調子っぱずれの合唱が聞こえてきた。

「あら」

フムスの母親は、いった。おみやげのサバ缶《かん》をネイにさしだした手が、とまった。「なんだったかしら、このうた」

「あら、ありがとうございます」

ネイは、サバ缶《かん》をうけとって、いった。船にのって海風を渡《わた》ってきたせいか、つめたくひかっている。「えらく気に入ったみたい。ずっとなんですよ。フムスちゃんに、教わったんだって」

「フムスが？」

母親は、しばらく、考えこんで、いった。「おもいだした。たしか、亭主《ていしゅ》が、よくうたってたわ」

「そういってました。とうちゃんに、きいたって」

ネイは、ほほえんだ。

「でも、どこで聞いたのかしら」

母親は、首をかしげて、いった。「たしか、亭主《ていしゅ》のふるさとに伝わる、子どもが元気で生まれるようにといううたなの。子守りうたとちがって、生まれたあとには、うたわないんですけどね」

「だって、生まれるまえだもん」

身づくろいをしたフムスが、おゆうぎ室から、玄関《げんかん》のまえのろうかに出てきた。ちいさな肩《かた》かけかばんのひもに、ぎこちなくあたまを通しながら、よたよたと、おかあさんのすそに、とびついた。「おなかのなかで、きいた」

「おなかのなか、だって？」

母親は、そのほっぺを両手ではさんで、くにくにっとした。「また、へんなこといって」

「ほんとだよ」

フムスは、くにくにこうげきから、のがれると、いった。「とうちゃんが、うたってくれたんだ」

「子どものつくり話って、ふしぎと、すじは通ってるのよね」

母親は、いった。

「ほんとだってば。よくきてくれたなあって」

フムスは、いいつのったが、母に会えて急に安心したのか、ねむそうに目をこすっていた。「だいじょうぶ。うちには、しっかり、たくわえがあるって」

「たくわえ？」

母親は、いった。

「そうだよ。たくわえだよ」

フムスは、じまんげにいった。「たくわえって、なに？」

「ばかなこといって」

母親は、わらった。「うちでは、聞いたこともないことばさ。とうちゃんは、酒好きの漁師のなかでも、とびぬけた飲んだくれで、朝とった魚が、昼お金になって、そいつが夕方にはお酒に化けちまってたんだから」

「こんばんは」

おくから、リネンさんが顔を出した。洗いものが終わったのだ。晩《ばん》ごはんに出た、缶詰《かんづめ》島《じま》に伝わるという、魚の蒸しものは、ねこもうなるほど、うまかった。「はじめまして。フムスちゃんのおかあさん？」

「あら、マゼンダのおじょうさん」

母親は、会釈《えしゃく》をした。いまでは、マゼンダ家の当主は一代で、かつて世のなかになかった、缶詰工《かんづめこう》場《じょう》を生みだした。いまでは、いくつもの島で、たくさんの缶詰《かんづめ》をつくっている。フムスの母親も、そこで働いていて、漁師の奥《おく》さんたちの、たいせつなかせぎ先になっている。リネンさんは、そのマゼンダ家の、ひとりむすめなのだ。

「フムスちゃんの、うた」

リネンさんは、エプロンに気づいて、あわててはずしながら、いった。「わたしも、むかし聞いたことあるんです。ちかくにすんでいたおばさんが、妊婦《にんぷ》さんを見るとうたってました」

「あら、そのかた、うちの亭主《ていしゅ》とおなじ出身かも」

「じゃあ、くちぶえ島ですね」

リネンさんは、フムスのうしろえりを直しながら、すんだ声で、うたいだした。

　カーロンの　きの　さきに
　カーロンの　はなが　さく
　そしたら　ぼくは　ゆめを　みよう

「ちがうよ。カーロンじゃなくてね、オーロンだよ」

　フムスは、いった。

「そうなの？」

　リネンさんは、首をかしげた。「わたしが聞いたのは、カーロンだったなあ。女のひとのうなじみたいに、木肌《きはだ》が白くて、まっ赤な花が咲《さ》くの。島によっては、オーロンというのかしら」

「とうちゃんは、オーロンって、うたってた」

「そんなのもうどっちだっていいのさ。ばかなこといってないで、帰るよ。お世話さまでした」

　母親は、あたまをさげて、息子の手をひいた。ネイは、ふたりを送りだし、すっかり暗くなった、玄関《げんかん》の戸じまりをした。

それから、しばらくして。

ネイと、リネンさんは、ふしぎな報告を聞くことになった。まるで走ってきたかのように、ほおを赤くして、〈ちいさなやね〉にやってきたフムスの母親は、とびあがるくらいうれしそうなのに、なぜか、とほうにくれているようにも見えたんだ。

母親は、信じていなかったけど、息子の聞いたといううたが、それからあたまをはなれなくなった。ついには、見たこともない、花ざかりのオーロンの木が、ゆめにまで出てきて、亭主《ていしゅ》の生まれそだったくちぶえ島に行ってみることにした。

のりあいの客船で、ラーラから、五つめ。はじめて訪れるくちぶえ島は、半日がかりだった。目的はわからない。でも行かなくてはいけない気がしたのだ。父母は亡くなり、身よりもないと聞いていたが、名前を出すと、だれもが亭主《ていしゅ》をおぼえていた。そのうち、幼なじみだという、友だちが見つかった。

「何年も音沙汰《おとさた》がなかったから、もしかしたらとは、おもっていたが」

その男は、友だちの不幸を聞き、涙《なみだ》して、いった。おなじ島の出で、おない年だからか、どことなく、フムスの父に似ていた。

「奥《おく》さん、ちょっと、まっていてください」

そういうと、ずたぶくろを、家のどこかから出してきて、フムスの母親に、さしだした。

ひもをゆるめてみると、母と子のふたりなら、何年もくらしにこまらないくらいの銀貨が入っていた。

「いったい、これって」

母親は、わけがわからず、いった。

「あいつは、子どもができたと知ったとき、そりゃあよろこんでね。いまが、人生で最高についてるにちがいないって、ばくちをやったんですよ。それで大当たりしましてね」

「ええっ」

はじめて聞く話だ。

「それで、わざわざ、この島までやってきて、もうけたひと財産を、ぜんぶおれにあずかってくれというんです。おれには、子どもができるんだ。なんかあったときのため、しまっておいてくれないか。いつかとりにくるから。おまえなら安心だから、というんです。おれは、じぶんでもってりゃあいいじゃないかと、いいました」

男は、赤くにじんだ目を細めて、わらった。「そしたら、あの野郎《やろう》がいうんですよ。おれは、ほら、島いちばんの、飲んだくれだろ、じぶんでもってたら、ぜんぶ飲んじまうに決まってるからさ、って」

顔をおおった母親は、いまにも、ひざまずきそうだった。

「ありがとうございます」

「お礼をいうなら、あいつにいってください」

男は、いった。「渡《わた》せて、ほんとうによかった。それにしても、どうして、いまになってこの島にたずねてきたんですか」

「息子が、フムスっていうんですが、あの子がとつぜん、この島のうたをうたいだして。あたしのおなかのなかで、父親に聞いたなんていうんです。だから、どうしても気になって」

こんなうたです、といって、母親は、すっかりおぼえてしまった、そのうたを、口ずさんだ。

　オーロンの　きの　さきに
　オーロンの　はなが　さく
　そしたら　ぼくらは　ゆめを　みよう

「あははは」

男は、いきなり、わらいだした。「あいつめー。それは、〈カーロンの木のうた〉です。オーロンなんて木は、ないんですよ」

「はあ。では、オーロンというのは」

母親は、きいた。

「おれの、名前です」

男は、そう、オーロンは、いった。「ひびきが似てるもんで、ちいさいとき、替《か》えうたにされて、さんざんからかわれました。あいつ、そっちで、うたってやがったんだな」

「ほんとに、仲がよかったんですねえ」

母親は、はなをすすって、いった。

「いや、そうじゃないですよ」

オーロンは、なんともいえない、やさしい目でわらって、こういった。「あいつのことだ。ないしょにしとくつもりが、息子のまえで、ついいいたくなったんでしょう。とうちゃんは、オーロンのとこにたくわえがあるんだって。飲んだくれだけど、心配しなくていい。大船にのったつもりで、生まれてこいって」


また、しばらくたった、ある朝のこと。

「夜泣きが、ひどいんですよ」

雑貨屋の若おかみは、三才の息子をつれてきて、そういった。〈ちいさなやね〉にあずけるのは、はじめて。

「それは、たいへんでしょう」

リネンさんは、いった。その日は、ネイは、たまのおやすみだった。目をしばしばしているその子のまえに、リネンさんは、しゃがみこんだ。「お名前なんていうの」

「ミヤアノ」

「あら、いい子。ぐずる子に、見えませんけど」

「ぐずるなんてものじゃなくてねえ。ねかしつけようとすると、とつぜん、ぎんなんの実が、ばらばらとはぜるみたいに泣くの。夜だけじゃないんですよ。おひるねで泣いたら、ごめんなさいね」

船の時間がきて、若おかみは、なんどもふりかえりながら、出ていった。大陸にある問屋へ仕入れに行くのだが、ラーラからの直行便がある日は、月に二回だけ。往復で、まる一日かかってしまう。その日は、いつもめんどうを見る、祖母が留守なのだった。

ミヤアノは、おっとりしていて、顔立ちも女の子みたい。はねまわったりせず、タタになついて、あそんでいた。だけど、おひるねのマットをしきはじめたとたん、肥料の灰を畑にまいたときのように、顔が白くかすんだ。

〈ちいさなやね〉で、あずかる子は、あばれんぼうも、泣き虫もいる。おとなが手をやく子だって、めずらしくない。だからみんな、ちょっとやそっとでは動じない。そんなキナリやヨルビンが、そのときばかりは、ぼうぜんとした。わたしは、まえにあずかったコダイさんちの子くらいを予想していたけど、そんなもんじゃなかった。リネンさんは、よろめき、わたしは、棚《たな》から落ちそうになり、診療所《しんりょうじょ》にいたフジ先生は、白衣をひるがえして、すっとんできた。

「なにごとだっ」

おゆうぎ室にとびこむと、ぶらさげた聴診器《ちょうしんき》が、首を二周して巻きついた。

「さわがないで。なんでもないのよ」

リネンさんは、なんとかあやそうとしている。泣くというより、悲鳴にちかい。

「ふつうじゃないぞ。とびらに、指でもはさんだか」

フジ先生は、いった。

「はさんでない」

リネンさんは、いった。

「はちに、鼻でもさされたか」

「さされてない」

「カモメに、顔でもひっかかれたか」

「ひっかいてない」

ない！　わたしも、ぎゃー、と、抗議《こうぎ》した。

だきあげて、あやしつづけるには、三才は重たい。リネンさんは、しゃがみこみ、ひざにのせる。つんざくような声の風圧に顔をしかめながら、なだめようとしていた。

そのそばに、いつのまにか、シアンは、いた。

リネンさんのせなかから腕《うで》をのばし、ひらかない左手を、男の子の耳に、ぶきっちょに、ぎゅっと押《お》しつけた。

そこにいただれもが、息をのんだ。シアンのしたことにも、おどろいたけど、火がついた石炭みたいだったミヤアノが、はたりと泣きやんだから。

「なにを、したの」

リネンさんは、いった。「シアン？」

シアンの目は、とろんとして、ミヤアノを見つめていた。「きこえるね」

リネンさんは、ひざのうえの男の子に、目を落とす。「聞こえる？　なにが？」

「しずか」

ミヤアノは、はっきりそういって、顔をくしゃくしゃにした。もういちど泣きはじめるかと、わたしは身がまえたけど、ミヤアノは、つられてわらってしまいそうな笑顔になった。「うみ。おふね」

「そうなの。よかったわねえ」

リネンさんは、ほほえんだけど、あんをつめすぎた、まんじゅうの皮みたいに、はりつめているのがわかる。「ミヤアノちゃん。もしかして、おかあさんの、おなかのなかにいる?」

「おなか」

ミヤアノは、赤《あか》ん坊《ぼう》にもどったみたいに、きゃっきゃとわらい、指をくわえた。「うみ」

「海が、見えるの」

リネンさんは、きく。

「うん。ママと、おふねにのってる」

目を、ぎゅっと、つむったり、うす目にしたり。まぶたのしたで、めだまがうごいているのがわかる。

「お船のうえに、いっしょにいるのね」

「そうだよ」

ミヤアノは、口をとがらして、いった。「ひとがいっぱい。おひさまがあかるい。かぜがつよい。うみのおみずが、ぱしゃぱしゃかかる。ききき、くすぐったい」

身をよじってわらうと、そばについた、シアンも、あは、とわらった。

「うー」

フジ先生は、うなった。「きみのいってたことは、どうやら、ほんとらしい」

「ええ」

リネンさんは、みじかくこたえた。

「子どもは、おなかにいるときも、世界を見聞きしてる。それどころか、そのことを、ちゃんと、おぼえている」

フジ先生は、いって、とびらにもたれた。

「ええ」

リネンさんは、不安げに、フジ先生を見あげた。「それよりも」

先生は、うなずいた。そこからはいうな、というような、つよい目のちからで。

「あは」

シアンは、わらった。おとなのだれひとり考えもしなかったのは、その記憶《きおく》を呼びおこせるものがいるということ。そしてそれが、ひとりの男の子だということだった。

「ふしぎね」

リネンさんはつぶやき、ちょうどわきばらのあたりにひっついて、にこにこしているシアンを見つめた。見守るようなやさしい目の色のおくに、すこしのおそれがまじっていた。

「あ」

だけど、きげんがよかったのは、そこまでだったんだ。「あ あ あ あ あ あ」

「ミヤアノちゃん？」

リネンさんは、呼びかけた。

このちいさなからだから、どうして、こんな声が出るんだろう。あたりを切りさくような、とつぜんの悲鳴。顔をのぞきこもうとしていたフジ先生は、うしろにひっくりかえった。まわりで見ていた、キナリやヨルビン、タタまで、腰《こし》をぬかして、泣きそうになったくらい。

「とりだ。とりだ。にげて。ママ。しんじゃうよ。ママ。まっしろだ。なにもみえええええない」

「ミヤアノちゃん」

リネンさんは、必死で、呼びつづけた。

「まっしろだ。みえええええええ。えええないよ。えええないよ。ママ」

「シアン、その手」

リネンさんは、いうと、シアンの左手をはっしとつかみ、ミヤアノの耳からひきはがした。

ミヤアノは、水中からあがったみたいに、はあっ、と、おおきく息をすった。そして、石にでもなったみたいに、リネンさんの腕《うで》のなかで、ごろりとかたむき、ねむってしまった。

船がおくれたため、すっかり暗くなっていた。商品がつまったトランクふたつをかかえ、若おかみが、むかえにきた。晩ごはんを食べると、またすぐねむってしまったミヤアノを、フジ先生が、玄関《げんかん》までだきかかえてきた。

「おひるね、泣きませんでした?」

母親は、かばんから背負いひもを出しながら、きいた。

「ええ。なかなかのものでした」

リネンさんは、ほほえんで、いった。

「ああ、やっぱり」

母親は恐縮《きょうしゅく》して、あたまをさげた。「ごめいわくさまでした」

リネンさんは、首をふって、いった。「へんなことを、ききますが」

「はい」

「ミヤアノちゃんが、おなかにいたとき、船にのりましたか」

母親は首をかしげ、しばらく考えて、こういった。「のりましたよ。なんどか、あったとおもいますけど」

ミヤアノをそっとゆすりながら、フジ先生はたずねた。「そのとき、甲板《かんぱん》で、とりにおそわれた、なんてことは？」

「あっ」

母親は、目をまるくした。

「ありました。船が、アホウドリのむれにつっこんでしまって」

「ははあ」

フジ先生は、いった。まるで診察《しんさつ》をしているときのような、やさしくて、きびしい目をしていた。

「甲板《かんぱん》にいたわたしは、ひどい目にあったんです。まるで船を敵だとおもったみたいに、いかりくるった、おおきな白いとりが、何十羽もぶつかってきて。ほんとに、おそろしかった。おなかにミヤアノがいたんですから」

母親は、胸に手をあてて語った。まるで、いま起こったことのように、声がうわずっている。

「わたしは、にげきれなくて、しまいに、甲板《かんぱん》のはしにうずくまってしまって。おなかをかばったから、顔も、手も、傷だらけ。あぶなく海につきおとされるところでした」

そういって目をつむり、おおきく息をついた。

「でも、どうして、それを？」

予想が、あたりすぎたんだろう。フジ先生は、ぼうぜんと口をあけていたんだけど、ひげのしたなので、ばれなかった。すぐに、冷静な顔にもどり、診察《しんさつ》の結果でも伝えるように、こういった。

「ミヤアノくんは、そのことを、おぼえてますな」

「え。おなかにいたときの？」

「そう。もうひとつ、ききますが、この子が泣きだすのは、ねたあとではなく、ねどこの準備をしているときじゃないですか」

あっ、と、母親は、息をのんだ。「そういえば、そうかもしれません」

「ミヤアノくんは、いつも、白いシーツや、白いふとんをひろげたときに、泣きだすんじゃないでしょうか。きっと、ママとじぶんをおそった、おおきなとりをおもいだすんです」

フジ先生は、しずかに、いった。

母親は、目を、ぱちくりさせた。信じていいものか、よくわからなかったようで、はあ、とうなずくと、子どもをおんぶして、帰っていった。

そのあと、雑貨屋の若おかみは、ものはためしと、シーツやふとんを、はでな色や柄《がら》つきのものにかえた。息子は、二度と、あんなふうに泣きさけぶことはなかったんだ。

うわさばなしっていうのは、ひとがすくなすぎても、ひろまらない。みんな、ほんとに起こったことを知っているから。反対に、ひとがおおすぎても、ひろまらない。知らないだれかの話を聞いても、おもしろくないから。

ララは、きっと、ちょうどいいんだ。コップの水に落とした絵の具のように、ふしぎなうわさは、あっというまに、島じゅうに行きわたった。

「フジ先生は、ゆめ占《うらな》いが、できるらしい」

「宝物のありかをあてたとか」

「そいつは、すごい」

「病気も、ゆめを診察《しんさつ》して治すらしい」

「雑貨屋の子の、夜泣きが治ったそうだ」

「そいつは、すごい」

「いや、じつは、やるのは、子どもらしい」

「孤児院《こじいん》の」

「シアンとかいう」

「ほんとかねえ」

「ほんとかって、どこ行っても、きかれるわ」

ネイは、洗濯《せんたく》ものを干しながら、ぶうぶういった。「おたくのシアンと話すと、おなかにいたころのことを、おもいだすんでしょう、って」

「まあ」

となりで、リネンさんは、いった。せまい前庭にさす、かざり気のないひかりのなかに、額《がく》ぶちでもかけるように、ちいさなシャツや下着を、ていねいに、つりさげていく。

「うちの子もみてもらえる、なんて。診察《しんさつ》でも、占《うらな》いでもないんですよって、ことわったけど」

「へえ」

ぷりぷりしているせいで、ネイの干したものは、のきなみ、かたむいている。「先生まで、まあ、いいじゃないか、なんて、わらっているし」

「すごい能力かもしれないぞ、なんて」

「でも、いいことなんじゃないかしら」

リネンさんは、ネイの干したのを直しながら、いう。

「いいこと？」

「そう。子どもは、世界を見聞きし、おぼえている、おとなとおなじ、ひとりのにんげんだって、おもえるでしょう」

「そんなものでしょうか」

ネイは、いった。庭のカキノキに渡《わた》した洗濯《せんたく》ひもに、ちいさな服が、ずらりとならんだ。

「リネンさんみたいに、むずかしいことはわからないけど」

「わたしも、くわしいわけじゃないの。フジ先生と大学はいっしょだけど、絵を学んでただけだから」

「それでも、学《がく》はありますわ」

ネイは、からっぽの洗濯《せんたく》かごを、かかえた。「はい。おしまい」

そうして、雲ひとつない空を見あげ、なぜか、雨にならないといいけど、と、つぶやいた。


ラーラの港から北へ、海沿いを歩くと、ちょうど気もちよく汗《あせ》ばむくらいで、砂浜《すなはま》があらわれる。

〈ちいさなやね〉のみんなは、ピクニックにきたのだ。わたしは、どちらでもよかったのだけど、「カモメがさみしがってるわ！」というリネンさんのひとことで、お弁当といっしょに、リュックに入れられたのだ。こんなふうに、ねこは、こころのなかを、かってに代弁されることがある。

まばらな林のすきまから海が見えたとたん、子どもたちはかけだした。島の子には、海がめずらしいわけでもないのにね。港と砂浜《すなはま》では、なにかがちがうんだろう。木に実ったくだものをかじるのと、お皿のうえの切ったやつでは、味がちがうみたいに。わたしも、リュックから出してもらい、海につづく道をゆっくり歩きだす。

ぽかぽかして気もちがいい。泳ぎたくなるほど暑くはないけど、波うちぎわであそぶには、ちょうどよい日差しだった。

リネンさんとネイが、はなれた木かげで見守る。タタとキナリは、かけまわる。波というきものが、地上にはいあがるのを防ぐのだ、とでもいうように、けちらしている。シアンは、そのあとを、くるくるとついていく。ヨルビンは、ひざをかかえ、こわごわと波を観察している。

そうしていると、にんげんも、どうぶつとかわらない。

わたしは、いぬのように、あとをついて走ったりはしないけど、いっしょにあそびたくて、ちかづいていった。砂が、あしうらを焼かないか、たしかめながら。

にんげんが、波と呼ぶもの。それは、ほんとは、海のなかを吹《ふ》く風なんだよ。子どもたちと、ねこだけが、そのことを知っている。

波や砂をしきりにけとばしていた子どもたちは、こわしたあとは、つくるんだといわんばかりに、砂のお城にとりかかった。

「シアンさあ」

キナリは、砂をありったけ高くよせながら、いった。「あのときの、あれ、ほんと？」

「どれのこと？」

なぜか、タタがきく。

「おなかにいた、ときのことが、わかるってやつ」

キナリは、いった。キナリもヨルビンも、シアンのふしぎなちからは、ミヤアノのときに、見たきりだった。

「あはは」

ヨルビンは、わらった。「おなかにいた、だってさ」

「ヨルビンも、おなかのなかにいたのよ」

タタは、両手いっぱいの砂を、もさっ、と山にのせて、いった。

「だれの」

ヨルビンは、いった。

「おかあさんのよ」

「へえ」

ヨルビンは、いった。「おかあさんって、ネイのこと?」

「ネイは、おかあさんじゃないよ」

キナリは、砂をかきよせる手をとめて、いった。「おかあさんって、もっと、いいものさ」

「しってるの?」

タタは、きいた。

「しらないけど、やわらかくて、かたくて、それから、すごくきらきらして、かっこいいんだ」

キナリは、なんだかとくいげに、いった。

「へえ。いいね」

ヨルビンは、いった。「とくにいみはないけど」

「シアンの左手ってね、貝がらみたいに、うみのおとがするの」

タタは、いった。「そうすると、おなかのなかに、いるの。いつのまにか」

「すげえ」

ヨルビンは、いった。「いつま、のにか」

「いつの、まにか、よ」

タタは、いった。「いまきこえてる、うみのおとと、にてるけど、なんかちがうのよね」

「タタも、それ、きいたの?」

キナリは、いった。お城をつくるみんなの手は、いつのまにかとまっていた。シアンだけが、砂山を、もくもくと、四角く整えている。

「きいたよ。わたしも、おなかで見たことをおもいだしたの。おかあさんといっしょに、はらっぱを走ったことも」

「へえ」

ヨルビンは、いった。シアンの砂まみれの手を、じっと見ていた。「おかあさんと、走ったの」

それから、シアンの左の手首に、おそるおそるふれた。

「とくにいみはないけど」

ヨルビンは、つぶやくと、シアンの左手をつかみ、前のめりになって、ほおずりでもするように、じぶんの耳にあてた。

わたしは、心配になって、丘《おか》のほうを見た。雑木林のかげにすわった、ネイとリネンさんは、おしゃべりに夢中だった。

「なんか、きこえる？」

砂にすわりこんだ、キナリは、きいた。

「あふ」

ヨルビンは、いった。「いいね」

「いいの」

タタは、きいた。

ヨルビンは、それには、なにもこたえず、ふが、と鼻をならした。それきり、シアンの手にしがみついたまま、ねむったようになってしまった。

「あは」

シアンは、わらったけど、不安そうな顔をしている。

「なみのおと、しない？」

タタは、きいた。

「しる」

ヨルビンは、すーっと鼻から息をつくと、すわった姿勢から、いちどのびあがり、そのまま、シアンごと押《お》したおして、砂山に、どっと転がった。

「ヨルビン？」

キナリが肩《かた》をゆすっても、砂まじりのヨルビンは、びくりともしない。

「ネイーっ！」

タタは立ちあがり、丘《おか》のふたりにむかって、絶叫《ぜっきょう》した。三角に立てたわたしの耳が、帆《ほ》のように、びりびりふるえる、金切り声だった。

ネイとリネンさんに交代で背負われ、ヨルビンは、診療所《しんりょうじょ》に帰ってきた。ベッドにねかされても、目をさまさなかった。

「ねむっているだけだとおもうが」

フジ先生は、いった。

「このまま、起きなかったら、どうしましょう」

ネイは、いってしまってから、じぶんのことばに、つきとばされたように、うめいた。

「だいじょうぶだよ。あたまを打ったわけでもないいんだろう?」

フジ先生は、いった。「それより、シアンは?」

「リネンさんが、見てくれています」

ネイは、いった。

「おなかの記憶《きおく》なんて、医学で説明できないものを、むやみに呼びだそうとするからだ」

「かのじょが、やらせたわけじゃないんですよ」

ネイは、うちけした。

「とめなかったら、いっしょだ」

「先生だって、とめませんでしたよね」

「むやみにやらせていいとは、いってない」

フジ先生は、いすにすわったまま、せなかをむけた。ネイは、口もとをきつくむすんで、うつむいた。

「シアンが、じぶんのせいとおもってなけりゃいいが」

フジ先生は、つぶやいた。

ヨルビンを診察室《しんさつしつ》にかつぎこんだあと、リネンさんは、ほかの子をおゆうぎ室に集めた。キナリは興奮して、タタが助けをよんだんだよ、と、とくいそうに、くりかえしていた。タタはこまったように、目を、ぱちぱちさせている。シアンのすがたが、ない。

リネンさんについて、わたしもおもてに出た。シアンは、玄関《げんかん》を見つめたまま、ひとりで前庭に立っていた。そのとき、午後の風が、海からあがってきた。波紋《はもん》のようにゆれる枝のかげで、顔色もわからなかったけど、こちらを見たその子は、砂にみがかれた貝がらのように、うすく、くだけそうに見えたんだ。

ヨルビンは、まる一日ねむりつづけて、つぎの日の昼すぎに、目をさました。

よかった、と、まくらもとのネイはいったけど、深いため息にまじって、声にならなかった。聞こえたのは、ねこのわたしぐらいだろう。

「さっきつくった、おかゆ、もってきますね」

というと、顔をかくすように身をひるがえして、台所へ消えた。

「ヨルビン」

フジ先生は、目をのぞきこんで、名前を呼んだ。

「むにゃ」

ヨルビンは、いった。ふとんが口にかかって、もぐもぐする。「ここは、もう、おなかのなかじゃ、ないね」

「そうさ」

フジ先生は、ひげのしたで、わらった。「おかえり。みんなの家だ」

「ふうん」

ヨルビンは、いった。ちいさな指を出し、ふとんをひきさげると、はふっ、と息つぎするように、口が出た。「先生」

「なんだい」

「ゆうれい、いたよ」

ヨルビンは、いった。「きゅう、じゅう、きゅう、ひき、も、いた。きゅうじゅうきゅうひきって、なんびき？」

「ゆうれい、だって」

フジ先生は、いすに、どすん、と腰《こし》かけた。「九十九匹《きゅうじゅうきゅうひき》？　いったい、なんの話だ」

「おかあさんと、ぼくのまわりに、たくさんのゆうれいが、いた」

ヨルビンは、ながいねむりから、さめたばかりとおもえないほど、きらきらした目で、いった。「目も、口もなくて、ふわふわ、ふわふわって、まわりを、まわってた」

土《ど》なべが落ちて、転がった。

「やめて、ヨルビン」

ネイは、悲鳴を飲みこんだ。もってきたパンがゆがとびちって、床《ゆか》をはげしくよごしていた。

「いいの。いい、ゆうれい、だから」

ヨルビンは、ベッドのうえでからだを起こして、わらった。「しろくて、ふわふわだよ。たくさん、たくさん、まわりを、ぐるぐるしてるだけ。ネイ。こわくないよ」

「フジ先生」

ネイは、気がふれたように、さけびだした。「やめるべきです。こんなの。やめさせるべきよ」

「ネイ、おちつけ」

先生は立ちあがり、ネイの肩《かた》にふれようとする。ネイは、その手をはげしくふりはらった。目は、涙《なみだ》にぬれたように、赤くなっていた。

「こんなの、おかしいです。生まれるまえのことを、おもいださせるなんて。赤ちゃんは、みんな、そこで起こったことをおいて、生まれてくるのに」

声は、がらがらと、われていた。ねこには、つよすぎる音だったので、わたしは、薬戸《くすりと》棚《だな》のすきまに、身をかくした。

「ネイ」

フジ先生は、声をかけた。

「ひとの赤ちゃんは、どうして、十ヶ月も、おなかにいるんだ、とおもいますか」

ネイは、あえぎながら、たどたどしく、いった。「ひとの世界は、きれいなことばかりじゃないから。みんなが祝福してくれるわけじゃないから。十ヶ月をかけて、おとなは準備をするんです。こちら側を、ちょっとでもましな世界にするために。だから、そのまえに、おなかでなにを見聞きしても、おもいださせちゃいけないのよ」

わたしは、ネイがここにくるまでのことを、くわしくは知らない。でも、リネンさんとフジ先生が話しているのを、聞いたことがあった。うちが、とても貧しかったこと。もともと、仲がよいとはいえなかった親が、ネイが生まれて、もっとこじれてしまったこと。フジ先生は、そんなはげしいネイをはじめて見て、しばらくことばをうしなっていた。そうして、わかった、といって、うなずいた。

「ちゃんと話しあわないとな。リネンさんとも、シアンとも」

ネイは、ごめんね、とささやいて、ぽかんとしているヨルビンの髪《かみ》をなでつけた。そして、床《ゆか》のパンがゆをかたづけ、診察室《しんさつしつ》を出ていった。

一日おいて〈ちいさなやね〉に出勤したリネンさんを、ヨルビンが、パジャマのままで、まっさきに出むかえた。リネンさんは、うれしさのあまり、竹とんぼのとびあがるまえみたいに、ぶるぶるっ、とふるえた。

診察《しんさつ》のはじまるまえに、フジ先生は、庭のシイノキのそばにリネンさんを呼んで、前日のできごとを話した。

「九十九匹《きゅうじゅうきゅうひき》のゆうれい、ですって?」

リネンさんは、わたしがとびのくくらい、おおきな声をあげた。恐怖《きょうふ》のためかとおもったら、なんだか、わくわくしてるみたい。

「なにがそんなにたのしいんだ、きみは。ネイは、おそろしさで調子をくずして、きょうは、おやすみしているんだぞ」

フジ先生は、あきれたように、いった。

「フジくん、聞いたことない？〈九十九匹《きゅうじゅうきゅうひき》のゆうれい〉は、何年かまえに、大陸で大当たりしたお芝居《しばい》よ」

リネンさんは、興奮すると、くんづけになる。大陸の大学にいたころ、そう呼んでたんだろうね。

「芝居《しばい》？」

先生は、とおくを見るような目をして、いった。「そういえば、題名に、聞きおぼえがあるような」

「わたしは、観にいったわ。主人公の女のひとは、ある日、わるいまほう使いに、じぶんのなかの、たいせつなものをうばわれてしまう」

リネンさんは、あらすじを説明した。「でも、ふしぎなことに、なにをとられたか、本人にはわからないの。湖のほとりで泣いていると、おなじ敵になにかをうばわれ、とりもどせないまま、しんでしまった、ゆうれいたちが、あらわれる」

「それが、九十九匹《きゅうじゅうきゅうひき》？」

「そうなの。舞台《ぶたい》いっぱいに、ぎっしりと、まっ白なかげがあらわれて、くるくるおどる

の。圧倒《あっとう》されるくらい、うつくしく、かわいらしく。そのゆうれいたちが味方をしてくれて、まほう使いをたおす、というすじよ」

リネンさんは、いった。「ヨルビンは、おかあさんのおなかで、いっしょにその舞台《ぶたい》を観ていたのね。でも、もしかして」

リネンさんは、口もとに、そろえた指さきをあてた。

「なんだい」

「いや、まさか」

「気になるじゃないか」

フジ先生は、いった。リネンさんは、あとずさって、馬とび用に打ちこんだ、太いくいに、腰《こし》かけた。

「ゆうれいたちが、まわりをまわっていた、といったんでしょう。おかあさんと、ヨルビンは、客席にいたのではないかも」

「どういう意味だね」

フジ先生は、じりじりして、ちかよってきた。

「顔が、ちかすぎるわ」

リネンさんは、のけぞった。「ひげしか見えない」

「じらすんじゃない。そろそろ、最初の患者《かんじゃ》さんがくるぞ」

「想像だけど、舞台《ぶたい》のうえに、いたのかも」

リネンさんは、いった。

「舞台《ぶたい》のうえ」

「もう、にぶいわね。ヨルビンの母親は、主役の女優だったんじゃないか、ってことよ」

フジ先生は、ちいさくうなり声をあげると、うろうろと歩きはじめた。庭のはしのシイノキに片手をついて、考えこんだ。枝葉がゆれて、せなかに、ばらばらと木もれ日が落ちる。そのまましばらく、あごに指さきをあてていた。

「どうしたの」

リネンさんは、いった。

「考えてたんだ」

フジ先生は、いった。

「よかった」

リネンさんは、いった。「あごひげに指がからまって、ぬけなくなったのかとおもった」

「ヨルビンがここにきたのは、きみが通いはじめる、すこしまえだった」

そのあと、先生が語りだした話は、こうだった。


ネイ保育園が、できて間もないころ。だれからともなく〈ちいさなやね〉といいはじめ、シアンとキナリはいたけど、まだ孤児院《こじいん》とは呼ばれていなかった。ある朝、あたらしい木のにおいのする玄関《げんかん》に、知らないあいだに、きれいな籐《とう》のかごがおかれていた。

港町のだれかがくだものでもくれたのかしら、と、毛布をめくったネイは、おどろいた。すやすやとねむる赤《あか》ん坊《ぼう》。それがヨルビンだった。あしもとには、あつさのちがうふうとうが二通。うすいほうは手紙で、あついほうは、びっくりするような札束が入っていた。

フジ診療所《しんりょうじょ》さま、と、手紙にあて名はあったけど、差出人の名前はない。けどフジ先生には、母親が書いたんだ、とわかった。

やむをえず、子どもを手ばなさないといけないこと。めいわくをかけるが、なにとぞ受け入れていただきたいということ。やさしい字と、ていねいなことば。だけど、ときどきにじむインクが、涙《なみだ》のせいじゃないか、とおもえるほど、くやしさが伝わってくる。そんなふうに、そばにいたネイに、いった。

「これは、こまった」

フジ先生は、唇《くちびる》をかんだけど、ネイと相談して、あずかることにしたんだ。

「ほんとのことをいうと、もともとびんぼうなうえに、〈ちいさなやね〉を建てたばかりだったから、あのお金はすごく助かった」

フジ先生は、そのときのことをおもいだして、いった。「あんな大金。有名な女優だとしたら、おかしくない」

「子どものことを公《おおやけ》にできない、事情があったのね」

リネンさんは、くいにすわった姿勢で、ほおに手をそえた。「〈壁《かべ》の国《くに》〉から、こんな離《はな》れ小島《こじま》の保育園をさがしてくるんだから」

「どうして、〈壁《かべ》の国《くに》〉ってわかる?」

フジ先生は、いった。

「そのお芝居《しばい》は、〈壁《かべ》の国《くに》〉の国立劇場でかかったものだから。〈しぶきの国〉には、そんなおおきな芝居小屋《しばいごや》は、なかったでしょう」

リネンさんは、いった。大陸の海側に面しているのが、〈壁《かべ》の国《くに》〉。名前のとおり、ながい壁《かべ》を、国境にめぐらせている。レム王がおさめ、島々から大陸に入るには、だいたいその国の港を通らなくてはいけない。その北にあるのが〈しぶきの国〉。そちらには、おおきな大学があって、先生とリネンさんが留学していたんだね。

「それで、どうするの」

「どうするって？」

「その時期に、〈九十九匹《きゅうじゅうきゅうひき》のゆうれい〉に出演していた女優をしらべたら、母親がだれか、きっと、わかるけど」

「やめておこう」

フジ先生は、いった。「いつか、時期がきたら、本人にどうしたいかきいてみるさ」

「そうね」

リネンさんは、いった。「でも、もうすこしお金をくれるかもよ。口止め料として」

「きみは」

先生は、口をあんぐりあけた。「本気で、そんなことをいってるのか」

「冗談《じょうだん》よ」

リネンさんは、いった。「だけどね、お金は、たいせつなの」

「知ってる。でも、いちばんたいせつとまでは、おもわないな」

「まあね」

リネンさんは、いった。

「それにしても、シアンには、もうこんなことさせないほうがいい」

フジ先生は、しずかに、いった。「町の子ならともかく、うちは孤児院《こじいん》なんだ。親をおもいださせて、いいことがあるはずがない」

リネンさんは、うつむき、サンダルから出た、じぶんのあしの指を見ていた。「だけど、あれは、あの子のちからなの」

「ああ」

フジ先生は、いった。「でも、傷つくことになる」

「そう？　役に立つことのほうが、おおかったわ。フムスちゃんも、ミヤアノちゃんも、ヨルビンだって、母親のことがわかった」

「シアンのことさ」

フジ先生は、いった。「ヨルビンが気をうしなったとき、ぜんぶ、じぶんのせいだという顔をしていた。泣きたいのか、わらいたいのかもわからない、ぬけがらみたいな。子どもに、あんなひどい顔をさせて、いいわけがない」

そして、ネイも、と、フジ先生は、いいたかったのかもしれない。

「そうね」

リネンさんは、うつむいて、サンダルから出た指を、ぴこぴことうごかしていた。真剣《しんけん》な話の最中なのに、わたしはつい、その指にじゃれつきたくなって、こまる。

「はじめるぞ。本日の診察《しんさつ》だ」

フジ先生は、歩きだした。そして、おもいついたように、いった。「そういえば、結局ゆうれいたちは、どうやって、まほう使いをたおしたんだ」

「主人公は、じぶんがうばわれたものがなにかを、最後にいいあてるの」

リネンさんは、くいから腰《こし》をあげて、いった。そうして、雑木林ごしに、海への道をながめた。

「それだけか？」

「ええ。それだけ。そのとたん、まほう使いは、すべてのちからをうしなうのよ」


しばらくは、かわったこともなかった。

にんげんなら、そういうかもね。でも、ねこにとっては、草木も、風も、一日だって、おなじ日はない。ひとは気づかないから、ある日とつぜん、夏がきた、っていうけど、わたしは、この島が、一日ごとに春をぬぎすて、夏にむかっているのを知っていた。

子どもたちも、日々、成長して、いろんなことをわすれてしまう。でも、つぎつぎに、あたらしいことを知ったり、身につけたりするから、そうおもえるだけで、ほんとは、見えない場所にぜんぶをかかえたまま、歩んでいるのかもしれない。

ヨルビンも、ゆうれいの話なんて、まるでなかったことみたいに、口にもしなかった。だけど、あの日から、赤《あか》ん坊《ぼう》にもどったみたいに、指をしゃぶるくせがついた。

「ヨルビン」

ネイは、いつも、そっと注意した。「また、指をくわえてるのね。お出汁《だし》でも出るのかしら」

「まあね」

ヨルビンは、いって、指をじっと見てから、ズボンでぬぐった。

タタやキナリも、浜辺《はまべ》でのことは、いいださなかった。子どもながらに、気をつかってるようでもあったし、いかにも子どもらしく、興味をなくしてしまったようでもあった。


「こんにちは。きょうは、どうしました」

ネイは、待合室に顔を出してきいたけど、すこし、とまどっているようだった。島のひとは、だいたい見おぼえがあるから、知らない患者《かんじゃ》がくることは、めったにない。ひとのよさそうな男のひとも、そのかげにかくれたこがらな女のひとも、ラーラでは見なれない、こざっぱりした服装だった。

「おいそがしいところ、すみません。診察《しんさつ》ではないんです」

男のひとはいったけど、その日、フジ診療所《しんりょうじょ》はひまで、朝から漁師のゴッタさんが、腰《こし》に貼《は》るしっぷをもらいにきただけだった。ゴッタさんは、しっぷをもったいながって、効かなくなってもずっと貼《は》っているので、かえって治りがおそいのだ。

「はあ」

ネイは、いって、診察室《しんさつしつ》のドアをうしろ手にしめた。

「こちら、フジ先生の孤児院《こじいん》で、まちがいないでしょうか」

男は、いった。

「ええ。正しくは、ネイ保育園といいます」

ネイは、いった。

「わたしども夫婦は、大陸からまいりました。じつは、三年まえに、行方知《ゆくえし》れずになった、息子をさがしております」

男が、おもいきったように、いった。「船のなかで、目をはなしたすきに、すがたを消してしまったのです。まだ二才になったばかりで、とおくに歩けるはずもなく、海に落ちたのか、ひとさらいかと、大さわぎになりました。船員や客も手伝ってくれて、ボイラー室のパイプのうらや、りんごのたるのなかまで、客船じゅうをさがしたのです。そのあい

だ、船はいくつもの港にとまったので、もしひとさらいなら、犯人はそこでにげてしまったろう、といわれました」

ネイは、まゆをよせ、耳をかたむけている。男は、つづけた。

「それから、三年がたちましたが、一日たりとも、息子をわすれた日はありませんでした。迷子や身よりのない子のうわさを追いもとめては、島から島へとたずねまわっております」

「それはなんとも」

ネイは、ことばにつまるように、いった。「なにか手がかりはございましたか」

男は、だまって首をふった。

「あの、すこしおまちいただけますか」

ネイは、床《ゆか》を見つめて、なにか考えていたが、そういって、診察室《しんさつしつ》にもどった。こころあたりが、あったのだ。

しばらくして、夫婦はなかにまねかれた。診察用《しんさつよう》のいすにすわったふたりに、むきあうと、フジ先生は自己紹介《じこしょうかい》をしてから、いった。

「うちには、船でひろわれた子が、ひとりおります」

「おお」

夫は、おもわず声をあげ、妻と顔を見あわせた。

「その時期も、いっしょくらいでしょう。おなじ船かまでは、わかりませんが。船室にまよいこんだまま、島のあいだを、何周もしていたようです。見つかったのが、ララに停《てい》泊《はく》していたときだったので、うちであずかることになったのです」

ネイは、となりで、気をもみながら立っていた。

「その子に、会わせていただくわけには、まいりませんか」

こがらな奥《おく》さんのほうが、はじめて口をきいた。

「ネイ」

フジ先生は、しばらく目をとじて、考えていた。そして、いった。「キナリを、呼んできてくれないか」


四人のなかでは年長のキナリだけれど、あらわれたときには、ひどく幼く見えた。年のわりにはひょろりと高い背も、そのときは、ただ、きゃしゃにおもえた。

「モール」

夫、いや、気のどくな父親は、いすから立ちあがり、キナリをそう呼んだ。それが、ほんとの名前なんだろうか。

キナリは、ふたりを、ぽかんと見つめた。そして、ネイをふりかえった。「だれ」

母親は、ハンカチで、口もとをおさえ、うう、と、うめいた。

「おぼえてないのも、むりはない」

父親は、じぶんもいたいたしい顔をしながら、なぐさめた。

「なにか目じるしがあると、いいんですが。ほくろとか、けがのあととか」

フジ先生は、おちついて、いった。

「それがこれといって」

父親は、うなっている。

「髪《かみ》は、おかあさまとおなじ栗毛《くりげ》ですな。目の色は、おとうさまとおなじだ」

フジ先生は、そういってうなずいたけど、髪《かみ》も、目も、まあ、よくある色だ。ねこみたいに、親子で似たぶちや、しましまが、あればいいのにね。

「キナリ、おぼえてない？　おとうさんと、おかあさんかもしれないのよ」

ネイは、せなかから、ちいさな肩《かた》に手をかけて、いった。

キナリは、しばらく、とおい目をしてから、どうしていいかわからなかったんだろう、だまって、うつむいてしまった。

「親子なら、会えばすぐにわかると、かんたんに考えていました」

父親は、いった。診察室《しんさつしつ》は、しんとなった。丘《おか》をくだったむこうの海の、波の音まで聞こえそうだった。

「ねえ」

キナリは、目をしょぼしょぼしながら、いった。「シアンに、たのんでみたら」

「シアン？」

フジ先生は、けげんな顔をしてから、いった。「ううむ。たしかに」

「せんせい」

ネイは、くいしばった歯のあいだから、しゅっと、おそろしい声を出した。

「シアン、というのは？」

父親が、ことばじりを、つかまえた。

「なん、でも、ないんですよ」

ネイは、にっこり、ほほえむ。「ね、フジ先生」

「ええ。もちろん、なんでもないです」

胸の高い場所で、ぐっと腕組《うでぐ》みをしたフジ先生は、よく見ると、ものすごいはやさで、まばたきをしていた。

父親は立ちあがり、あたまをさげた。「どんなことでもけっこうです。このまま帰るわけにはいきません」

奥《おく》さんも、その横で、深くあたまをさげる。

「いや、そんな、およしください」

フジ先生も、あわてて立ちあがった。そして、ネイの顔を、ちらとうかがった。それにつられて、夫婦もネイを見る。ネイは、おおきくため息をついた。

「わたしの決めることでは、ありませんから。かってになさってください」

「いいのか」

フジ先生は、いった。

「いいはずないでしょ」

ネイは、火花のちりそうな目で、先生を見た。「ですが、診療所《しんりょうじょ》のなかで、りっぱなお医者が見守りながらであれば、危険はすくないのではないですか」


そうして、呼びだされてきたシアンは、おひるねまえで、目がしょぼしょぼしていた。

「ねえ、シアン」

キナリは、いった。「あれ、やって」

「あれ」

シアンは、いった。

「そう、ヨルビンに、したやつ」

シアンは不安げに、ネイとフジ先生を見た。それから、見知らぬ夫婦に、ようやく気づいて、唇《くちびる》を、きゅっ、とすいこんだ。

「キナリは、おもいだしたいことがあるんだよ。それで、シアンにお手伝いをしてほしいのさ」

フジ先生は、立ちあがって、シアンの目をのぞきこんだ。

「この子が、シアン？」

父親のほうが、いった。「こんなちいさい子が、なにか知ってるとはおもえませんが。そのころは生まれてもいないでしょうに」

「いやあ、そうじゃないんです」

フジ先生は、いった。「シアン、どうやるんだっけ」

「まって」

そのとき、キナリが、いった。「タタは、むこうに行ってて」

「どうして」

ドアのかげからのぞいていた、タタは、ふしぎそうに、いった。

「どうしても」

キナリは、いった。めずらしくかたくなな声で。

「そうだな、おゆうぎ室で、まってなさい」

フジ先生がいうと、タタは、ふうんといって、おとなしく、もどっていった。

シアンは、まるまった左手を、おそるおそるさしだした。キナリは、それをじっと見ていたが、無造作につかむと、じぶんの耳に押《お》しあてた。ふたりは、立ったまま、むかいあって、そうして、海にでもとびこむみたいに、おおきく息をすうと、いっしょに目をとじた。

薬戸棚《くすりとだな》のかげで、わたしは、せなかの毛を、ブラシのように、かたくした。にんげんにはわからないだろうけど、棚《たな》のガラスが、かすかにふるえだしている。

シアンがこれをするとき、からだがからっぽになるようで、わたしはいつも、おそろしくなる。ねこは、おなかに、二ヶ月くらいしかいない。そのわずかな記憶《きおく》をとびこえてしまいそうで、こわいのかな。じぶんが、かげもかたちもなかったころのまっ暗な世界に、ひきもどされてしまいそうで。

「うみの、なみの、おとはね」

シアンは、いった。「おなかの、なかの、おとに、にてるんだって」

「はは」

キナリは、いった。「うみの、なみの、」

息をはくこととと、すうことが、いっしょになって、窓からのひかりを、ゆらしているのがわかる。ひびきが、波紋《はもん》を、魚のうろこのように、つくっていく。

「キナリ、くるしい？」

シアンは、いった。「いきできる？」

「だいじょぶ」

キナリは、いった。「水を、いきしてるから」

フジ先生や夫婦は、ぽかんとして、ふたりをとりまいていた。ネイだけが、にぎりしめたこぶしが、つきとおりそうなくらい、つよく胸に押《お》しつけている。はじまった、と、診《しん》察室《さっしつ》のすみで、わたしはおもった。ふたりの声の区別が、つかなくなってきた。こちらも、あたまがとろんとしてくる。

「キナリ」

そのとき、フジ先生が呼びかけたので、わたしは、ふいをつかれて、とびあがりそうになった。

「いま、どこにいる」

「あはは。ひろい、にわ。おかあさんの、おなか、だよ」

キナリがそうこたえると、夫婦から、声にならない声が、あがった。

おかあさんは、ここがすきなんだ。とおくに

キナリは、いった。

とおくに、

シアンは、いった。そうして、ふたりの声は、まじっていく。

とおくに、おしろみたいなたてもの
たてものが、みえる。白いちいさな、
ほし　　　　　　　　　　ああ
　ほしみたいな花
花が、あしもとに、ちらばっている。あまくて、いい

「いいにおいが、するんだ」
キナリは、いった。

「ふああ。なにがいるの。それ。あしもとに」

シアンがいったので、わたしは、おどろいた。キナリの見てるものが、見えてるみたい。

「くすぐったい」

きゃっきゃっ、と、キナリは、わらった。「ねこが、いるんだ」

ぎょっとした。でも、わたしのことじゃない。

「なんじゅっぴき？」

シアンがきくと、だれかが、息をのむ音がした。

「たくさん、すごい。あしのあいだを、ぐるぐる、ふさふさ、あしを、なでてく」

シアンとキナリは、いいあった。

おかあさんはね、ねこがすき
いつもえさをくれるから、とおくからも
やってくるんだ。ぐるぐる。ふさふさ。ねこの
じゅうたんみたい
ぐるぐる。ふささふさ

「やめてください」

みしっと、なまの枝を折るような、母親の声がした。「もう、けっこうです。この子は、ちがいます。息子じゃない」

シアンは、びっくりして、左手をひきぬいてしまった。火にくべた紙がめくれるように、キナリのまぶたは、ゆっくりひらいたけど、ねおきのように、ぼうっとしている。

「この子の話していたことが、ほんとうなら、やどしている母親は、わたしの妻とは別人です」

父親も、くるしげに、だけど、きっぱりと、いった。

「それは、いったい？」

フジ先生が、首をかしげた。

「とうてい、ねこが、だめなんです」

父親は、いった。「妻は、幼いころ、野良ねこにおそわれて、おおけがをしました。片目をひっかかれて、失明しかけたんです。耳もちぎれかけていたそうです。全身が傷だらけで、何週間も、高熱にうかされたとか。ですから、ねこに、えさをあげているなんて考えられないのです」

母親は、うつむいて、唇《くちびる》をかんでいた。父親は、あとをつづけた。

「ましてや、子どもがおなかにいるときになんて。実際、妊娠中《にんしんちゅう》はとおくにねこらしきかげが見えただけで、出かけるのをやめて、家に、にげかえっていたくらいです」

「ああ、もうやめて。その二文字、聞きたくもないわ」

母親は、記憶《きおく》を追いはらうように、髪《かみ》をふりみだした。「あんな、いんしつで、やばんで、うすぎたない、けだもの」

わたしは、なんだか居ごこちがわるくなって、ここを退散しようと、薬戸棚《くすりとだな》のかげから出て、みんなのあしもとを、さっと横ぎった。

「カモメ、だめだっ」

フジ先生の、声。

「ひやあい」

母親は、さけび声を発してとびすさると、壁《かべ》にせなかを打ちつけ、診察室《しんさつしつ》の床《ゆか》にくたくたとたおれた。

だいじょうぶですかっ、と、ネイとフジ先生がさけんで、あとは、うえをしたへの大さわぎ。

まったく、しつれいな話だ。どこかに、ひどいねこがいたからって、すべてのねこが、やばんなわけじゃない。母親は、すぐわきのベッドにねかされた。まあ、診療所《しんりょうじょ》だったのが、不幸ちゅうのさいわいってとこね。

あたりが落ちつくまでのあいだ、シアンは、診察室《しんさつしつ》のすみで、ずっとからだをかたくしていた。わたしは、にげさったふりをしたが、シアンが心配で、つみかさねられた薬や包帯の木箱のかげに、ひそんでいた。またしでかしたとおもったのだろう、うつむくシアンのあたまを、フジ先生は、つつむようになでて、いった。

「がんばったな、シアン。おまえがいなかったら、たいへんなまちがいをしてしまうところだった」

おおきな手のしたで、シアンの瞳《ひとみ》が、水面《みなも》にうつった、ふたつのお月さまのように、にじんで、ゆれた。あいかわらず、顔色もかえなかったけど、わたしにはわかった。シアンのなかで、うれしさが折りたたまれて、ばねのようにはじけそうだったのが。ふつうの子

だったら、きっと、そこらじゅうを、とびまわっていたくらいの。

ネイは、キナリを気にしていた。母親の手当を終えると、診察室《しんさつしつ》のすみに立っているキナリにかけよった。「だいじょうぶ？」

「フジ先生は、どうしてシアンを、ほめてるの」

キナリは、いった。ネイに髪《かみ》の毛《け》をなでられながら、その目は、なにも見ていなかった。

「ひとちがいだって、教えてくれたからよ」

ネイは、いった。

「ふうん」

キナリは、いった。「ぼくは、どっちでもよかったんだけど」

「どうして？　ほんとのおとうさんや、おかあさんじゃないひとに、ひきとられたかもしれないのよ」

ネイは、おどろいたように、いった。

「べつにいいよ」

キナリは、いった。「ネイや、フジ先生だって、ほんとの親じゃないもの」

その声はまるで、さっきのおなかのなかの風景に、こころをおいてきたかのように、うつろにひびいたんだ。

それから一週間ほどたった、夏の夕ぐれ。日のなごりのなかに、すずしさがまよいこむ。海で暖流と寒流がぶつかるみたいに、からだのおくがさわぐ。かわいた風が、どこかとおくから、くだもののうれたにおいをはこんでくる。

リネンさんは、看護師の白い服のポケットに指さきを入れたまま、ひょいと、前庭にあらわれた。そして、あたりを見まわして、いった。

「ねえ、タタを、知らない」

「知ってるよ、タタ」

砂場を、木のへらでほじくりながら、顔もあげずに、ヨルビンは、いった。

「どこにいるの？」

「知らない」

「知らないのか」

リネンさんは、いった。

「すなばには、いないよ」

「うむ。それは見たらわかります」

リネンさんは、おもわず、ほほえんで、大声で呼ぶ。

「きーなーりー、しーあーん」

シイノキからつるしたぶらんこで立ちこぎを競っていたふたりは、はあーい、といった。

その返事が、ぶらんこにあわせて、上下する。

「タタを、知らないー」

「たーん、けーん」

キナリは、天から地上に、ひきもどされながら、

「さーん、ぽー」

シアンは、地上から空へ、舞《ま》いあがりながら、同時にいった。

「ふうん。どちらだとしても、あぶない場所に行ってないといいけど」

リネンさんは、砂場でヨルビンとじゃれていたわたしに、ひとりごとをいった。

タタが帰ったのは、晩ごはんのまえだった。

おどろいたことに、ひとりじゃなかったんだ。

タタは、ほおを赤くしていた。夕焼けのせいではなく、島を歩いてきたせいでもなくて、興奮していたのだ。

「わたしは、ナガといいまして、島むこうの村からまいりました」

その女のひとは、あいさつをした。きれいな白髪《はくはつ》だけど、しわもなく、背すじもしゃんとして、とても若く見える。西の海にしずみそうなひかりが、〈ちいさなやね〉の玄関《げんかん》で、

ふたりをやわらかくつつんでいた。

「はあ」

リネンさんは、いった。おくから、エプロンをしたネイと、フジ先生が出てきた。

「あら、えーと」

ネイは、いった。

「ナガです」

「ああ、そうでした。町で、なんどか、お見かけしたかもしれませんね。どうなさいました？　今日の診察《しんさつ》は、終わってしまったんですけど」

ネイは、いう。

ナガさんは、わらって、首をふる。

「タタ、つれてかえってもらったの？　まいごにでもなった？」

ネイは、まゆをひそめて、いった。うちにあがらず、ナガさんと玄関先《げんかんさき》に立ったままのタタが、なんだか、きみょうにおもえたからだ。

「わたし、ここにくるまえ、マチバリ島に、いたでしょ」

タタは、せいたように、話しだした。

「おじいちゃんが、お正月にかみなりにあたって、しんでしまって、おばあちゃんと、ふた

りになった。でも、おばあちゃんも、かぜをこじらせて、しんでしまった。そしたら、きんじょのおばちゃんが、ラーラっていう島に、みよりがいたはずだよって、おふねで、いっしょにきてくれた」

タタは、きたときも、四才にしてはしっかりしてた。でも、ここにいる、すこしのあいだにも、見ちがえるくらいおとなになったんだなあ、そう、わたしは、おもった。

「でも、しんせきは、もうとっくに、ラーラにはいなかった。行くとこがなくなったわたしは、ここにひきとられた。そうでしょ」

「ええ」

ネイが、フジ先生とリネンさんのあいだから、つまさき立って、いった。「でも、行くとこがないからじゃないの。いてほしいからよ」

タタは、目をしばたいて、それから、わらった。

「シアンが、おもいださせてくれたんだよ」

「タタ」

ネイは、そわそわして、いった。「もうすぐ、ごはんができるから。ナガさんも、ごいっしょに、どうですか」

「ううん」

タタは、つづけた。じぶんでは、もう、とめることができない、というように。「それから、どんどん、おもいだした。まちがいない。うしさんの、おかのうえも、島のむこうの、町につづく道も、ぜんぶ、知ってる。おかあさんのおなかで、おかあさんといっしょに、見たんだよ。わたしね、ラーラに、この島に、生まれるまえに、すんでいた！」

はっとしました。

「今日、町はずれで、あたりをきょろきょろして歩いているこの子を見たとき、わたしは、はっとしました」

ずっとだまっていたナガさんは、タタの髪《かみ》をなでながら、いった。「引《ひ》っ越《こ》していった、となりのミリちゃんに、うりふたつだって。あんた、あのとき、おなかにいた子かい？ って、おもわず話しかけて。この子は、きょとんとしてましたけど、わたしを見て、おばちゃん、まえにあったことあるよね？ っていったんですよ。わたしは、泣きだしてしまった」

話は、こうだった。

ナガさんは、おとなりの娘《むすめ》のミリを、幼いころから、かわいがり、母がわりにめんどうを見ていた。

そのミリは、家の事情で、ラーラでくらせなくなり、急にマチバリというとおい島に引《ひ》っ越《こ》すことになった。おなかには赤ちゃんがいた。父親はいなかった。そのあとどうしたのだろうと心配していたが、慣れない島の気候のせいか、病気で亡くなったと、風の便りに聞いた。あわれでならなかった。身ごもっていた子はどうなったろう、と、胸をいためていた。

「いっしょにしんでしまったのか、ぶじに生まれたとしても、みなしごになってしまったのか、と、気が気ではなかったわ」

「わたし、おぼえてるの」

タタは、いった。「おばちゃんが、おかあさんのおなかに話しかけてくれたの。この子は、男の子かな、女の子かなって。わたしは、女の子よ！　って、まっててねって、ずっとお返事してたの。どうしていままで、わすれてたんだろう」

「そうか」

フジ先生は、そでをまくった白衣の腕《うで》を、だらんと垂らして立っていた。ひげのおくで口をうごかして、いった。「よかったなあ。タタ」

リネンさんも、横で、うなずいた。

「シアン、いる?」

タタがいうと、おゆうぎ室のドアから、ようすをうかがっていた、シアンと、キナリと、ヨルビンが、わらわらと出てきた。

「ありがとう、シアン。あんたのおかげで、おばちゃんに会えた」

タタは、いった。

「先生、ネイ、リネンさん」

そうして、すこし背をのばすようにすると、タタはつづけた。「わたし、ナガおばちゃんとくらしたい」

「そんな、急に」

ネイは、いった。

「そうだよ。そんなにいそがなくったっていいじゃないか」

フジ先生は、いった。

「もう、たくさん、お世話になったもの」

タタは、いった。ふだんなにげなく見ている薮木《やぶき》に、こんな花が咲《さ》くんだと、おどろくことがある。タタは、そんなふうにほほえんだ。「きょうまで、ほんとに、ありがとう」

ナガさんは、なにもいわず、やさしい目で、タタを見おろしていた。はじめて会ったはずなのに、まるで生き別れた実の娘《むすめ》だっていうみたいに。そうして、深くあたまをさげた。

「タタ、もうあえない？」

ヨルビンは、くわえようとして、がまんしてるみたいに、指を唇《くちびる》にあてたまま、もごもごといった。

タタは、首をふって、わらった。「いつでも、あそべるよ。島のあっちがわに行くだけだもの。ありがとう、ヨルビン、キナリ、シアン」

そして、たいしておおくない洋服などの荷物をまとめると、タタは、ナガさんに、ひきとられていった。

みんなで前庭に出て、ふたりが道をまがって、見えなくなるまで、見送った。

「さみしいなあ」

リネンさんが、手をふりおえて、いった。「でも、よかったんだ。そう考えなくちゃ」

「そうですね。ごはんにしましょう。もう、準備できますよ」

ネイは、いって、台所にもどっていった。

「あら、キナリは？　呼んできて」

すがたのないのに気づいて、リネンさんは、いった。

シアンは、おゆうぎ室をぬけて、食堂を通り、ねどこ部屋まで、さがしていく。わたしも、あしにまつわるように、ついていった。もううす暗い部屋のなか、キナリは、壁《かべ》をむいて、ベッドの木枠《きわく》に腰《こし》かけていた。

「あは、キナリ、いたね」

呼んでも、こたえないので、シアンは、せなかにふれた。キナリは、ふりむきもせず、腕《うで》をふりあげて、その手を、はらった。

「なに、わらってるの。ありがとうって、いわれて、うれしい？」

知らない子かとおもうくらい、その声は、こわばっていた。キナリは、立ちあがって、ふりかえると、シアンを、いきなり、つきとばした。

「タタがいなくなって、うれしい？」

シアンは、しりもちをついたまま、キナリを見あげていた。

「よけいなことするから」

キナリは、泣いていた。「おやとか、おばさんとか、そんなにだいじなの。ずっと、いっしょだったのに。あんなに、なかよしだったのに」

シアンは、どんな顔をしていたんだろう。わたしのほうから見えたのは、そのちいさな

せなかだけだった。たとえシアンじゃなくたって、こんなとき、幼い子にどんな表情ができるものか、わたしには、想像さえつかなかったんだ。

三　〈野生のリス一座〉

ラーラは、風通しのよい島だから、夏は、そんなに暑くない。そのかわり、冬はきびしい。家なしのねこは、しんでしまうことだってあるんだ。

ここからは、そんな冬がくるまえの話。

夏の日差しがいきおいをなくして、赤黄色いひかりが、にじんでくる。ねこの目には、紅葉の色は、とらえにくいんだけど。春に似ていても、そわそわしない、漁師のことばでいえば、しけと、しけのあいだの、凪《なぎ》のような季節。にんげんが、秋、と呼ぶ季節。

もうすぐ、ラーラは、秋まつり。

魚の神さまに感謝する、三日間。島ぜんたいで、漁はおやすみになる。森のお堂のまわりで、にぎやかな出しものがあり、ほかの島からきた、色とりどりのお店も立つ。

シアンは、おつかいの帰りだった。雑木林を近道すると、くつのうらが、なにかをふむ。ぱりん、と、かすかな音がした。シアンは、しゃがみこんで、みじかい下生えをのぞきこんだ。

「あはは」

シアンは、いった。「カモメ。見てごらん。このあいだ、ぱりんといったときは、せみのぬけがらだったけど、いま、ぱりんといったのは、どんぐりのぼうしだよ」

町から、丘《おか》のうえを通って、診療所《しんりょうじょ》に帰る道。わたしも、ついていった。おもりというわけではないけどね。

おつかい先は、町なかのパン屋さんで、タクラムパンを、三十個、注文しに行った。タクラムパンは、ラーラの秋まつり名物の、あげパン。食べるまで、なかの具が、わからないようになっていて、ひじょうにもりあがる。

タタは、秋まつりをいちどもいっしょにすごすことなく、いなくなって、〈ちいさなやね〉は、もとの三人にもどった。なにもなかったかのように。ヨルビンの、指をくわえるくせは、あいかわらず。キナリも、シアンと、すっかり、仲なおりしている。

はじめに、かかとの高いくつが土をふむ音が聞こえた。そして、その男は、港からの道を、あがってきたんだ。

黒いマントから、黒い二本のあし。せなかまでのばした髪《かみ》がひろがって、三角形に見えた。マントも三角だから、陸にあがったいかのようだ。

道のぶつかるところに、男は、さきにたどりつくと、立ちどまって、こちらを見はるか

していた。

「やあ。こんにちは」

はなれた場所から、男は、いった。いうというより、できあがったことばを、ぽん、とはきだすみたいに、くっきり聞こえた。マゼンダ家の工場は見たことないけど、缶詰《かんづめ》をつくるときって、こんなかんじかもしれない。

「あは」

シアンは、いった。

「この町の子かい。森のお堂というのは、どっちか、わかるかな。えらくきれいな島なんで、ふらふらしていたら、すっかり、さっぱり、道にまよっちまったんだ」

男は、いいながら、どんどん、そばまできた。シアンがだまっていると、男は、腰《こし》をかがめて、にっこりわらった。

「あやしいものじゃない。おれは、こんどの秋まつりで、出しもの、見せものをしにきた、島めぐりの芸人。〈野生のリス一座〉の、ディラードっていうのさ」

ぽん、ぽん、と、小気味よく、ことばをはきだすと、男は、右手をさしだした。シアンは、その手を、ふしぎそうに見ていた。ディラードは、シアンの手をつかんで、軽く、ゆすった。

「これ、なあに」

シアンは、いった。

「あくしゅ、というんだ。あいさつさ」

わたしは、そんなふうに、わらう男を、見たことがなかった。雨のぎっしりつまった雲が、唐突《とうとつ》にわかれて、日がさしてくるような笑顔だった。

「シアン。ぼくはね」

シアンは、いって、いまきたほうの道をさした。「あっち。お堂はね」

「なんと。助かったよ、シアンくん。あぶなくあさってのほうに行っちまうところだった」

ディラードは、ひたいに手をおき、おおげさに天をあおぐ。

「このねこは、きみの?」

「友だちだよ。カモメっていうの」

「そりゃあ、いい名前だなあ」

ディラードは、感心したように、ほめてくれた。そんなことは、はじめてだったので、わたしは、うれしくなった。いぬだったら、しっぽのひとつもふるところだ。

「おれたちは、お堂のはなれに泊《と》まってるから、あそびにきてくれよ。カモメも、な」

ディラードは、いった。背をむけるのと、手をふるのと、マントをひるがえすそのしぐさが、流れるようだった。シアンがやってきたばかりの、町のほうへ歩きだすと、黒いいかのようなせなかは、みるみるちいさくなった。出会ったときには、はっきり聞こえたブーツの音が、まるでしないのが、ふしぎだった。


そうしてむかえた、秋まつりの、はじめの日。

かすかに肌寒《はだざむ》さのました風のなかで、だれかが、玄関《げんかん》の呼びりんを鳴らした。

「イース。いらっしゃい」

ドアをあけたリネンさんは、うれしそうな声をあげた。

「リネンおじょうさん。お元気そうで」

おおきな紙ぶくろのかげから、イースは、ひさしぶりの顔を出して、やさしく、まゆをうごかした。「ところで、その顔は、なんの仮装ですか」

「あら」

じぶんの顔にふれたリネンさんは、わらいだした。「小麦粉よ。おまつり用のだんごをねっていたの。みんなー、イースがきたわよー」

子どもたちが、わらわらと、ろうかのおくから出てきた。

「やー、タクラムパンが、きた」

ヨルビンは、声をあげた。

「パンがじゃないでしょう。イースさんよ」

つづいて出てきたネイは、わらいながら、いった。

「ヨル、おおきくなったなあ」

イースは、紙ぶくろをさしだしながら、いった。「あげたてで、まだ、あったかいぞ」

子どもたちは、じぶんがうけとろうと、ぴょんぴょんする。このあいだシアンが町に行き、注文したタクラムパンだ。毎年、たのんでおくと、島を訪れるイースが、おみやげがわりに買ってきてくれることになっている。

「いつも、ありがとうございます」

ネイは、あたまをさげた。

「こちらこそ、おじょうさんが、お世話になっております」

イースは、キナリのかかえたパンのふくろにふれようと、ばたばたしているヨルビンをつかまえて、だきあげ、革のうわぎの肩《かた》にのせた。「こりゃ、ずいぶん、重たくなった」ヨルビンは、イースのきれいになでつけたあたまに腕《うで》をまわし、耳をつかむ。「イース、かみが白くなったね」

「おまえがおおきくなるってことは、わたしが年をとるってことさ」

イースは、歯を見せて、わらった。日に焼けてひきしまった顔に、さざ波のようなわらいじわ。

「さあさあ、あがって」

リネンさんは、いった。

食堂に集まり、席につくと、ごちそうの、皿、なべ、ボウル、かごが、どんどん出てきて、子どもたちが、やわらかいねつをはなちはじめる。

「すごい」

ヨルビンは、いった。「まるでなにかみたいだ」

「なにかって」

キナリは、いった。

ヨルビンは、考えてから、いった。「おまつりみたい」

「おまつりなのさ」

イースは、目をまるくして、わらった。

「あは」

シアンも、わらう。「たべきれるかな」

「しんぱいになってきた」

キナリは、いった。

「タタもいたら、よかったね」

ヨルビンは、指をくわえて、もぐもぐといった。

「とくにいみはないけど」

「タタも、呼んだのよ」

リネンさんは、とり皿をくばりながら、いった。

「でも、ナガさんと、親戚《しんせき》のみんなで、すごすんだって」

「タタってのは？」

イースが、台所と食堂を行ったりきたりするリネンさんに、きいた。

「ああ、イースは会ってないものね。春にきた子だったんだけど、身よりが見つかったの。なんと、シアンのお手がらで」

「ほう。シアンが、さがしたのかい」

イースは、おどろいたようにいった。

シアンは、テーブルの木のふしと目があったというように見つめながら、いった。「さがしてないよ」

「ふしぎなちからがあるの」

「まあね」

リネンさんは、台所にもどりながら、いった。「ね、ヨルビン」

ヨルビンは、フォークを縦にかまえたまま、いった。「ふしぎだった」

「どう、ふしぎなんだい」

イースは、まゆをぐっとさげて、きいた。目が、鼻のつけねの、ずっとおくに、ひっこんで見える。「このくらいかい」

「あはは。イース、へんなかお」

ヨルビンは、この顔がすきなのだ。なんどやっても、わらう。

「おなかの、きおくを、おもいだすんだ」

キナリが、いった。肉や野菜や魚のおいしいにおいが、食堂をみたし、子どもたちは、たましいが、はんぶん、ぬけでたみたい。

「へえ。そういうあそびなのかな」

イースは、いった。

「さあ、これで、そろいました」

ぶあついミトンをはめたネイが、湯気をふきだすおおきな鉄なべを、爆発物《ばくはつぶつ》のようにかかえてきて、テーブルのまんなかに、そうっと着陸させた。ふたをとる。たちまち、たちこめた湯気が、みんなのわあっという声で、まきあがる。

「魚のすりみだんごと島ネギのスープかあ。このうえない！」

湯気のむこうで、イースの目が、狼《おおかみ》のように、ひかった。

「いただきましょう」

ネイとリネンさんは、いって、手早くよそいはじめる。あっというまに、皿は行きわたった。

「フジ先生は？」

キナリは、そういったが、目は、どっさりもられたタクラムパンのかごを、見つめすぎている。

「わすれてた」

リネンさんは、いって、わらいながら出ていく。「お料理がそろったら、呼びにいくんだった」

「いやあ、ごめんごめん」

フジ先生が、やってきた。白衣をぬぎすててきたせいか、したに着ていたシャツが、わきばらにボタンがくるくらい、よじれている。イースは、立ちあがって、あいさつをした。

「ごぶさたしております。おいそがしそうで」

「すいません。こんど出る船に、たのまないといけない、薬があって」

フジ先生は、いった。

「まつりなのに、たいへんですなあ」

イースは、いった。

「いいえ。急患《きゅうかん》がきたら、どちらにしてもあけますので。やすみのようで、ないようで」

フジ先生は、いった。「そちらこそ、おいそがしいところ」

「いいえ、毎年この時期はやすむといってありますから」

イースは、缶詰会社《かんづめがいしゃ》のえらいひとで、リネンさんの父親の右腕《みぎうで》なのだ。子どもたちにとっては、タクラムパンのおじさんだけど。

「ことしも、お会いできてうれしいです。おじょうさんが、お世話になっております」

イースは、わらっていった。

「いやいや、なにをおっしゃいます、こちらが、お世話になっているのです」

フジ先生は、いった。

「いやいや……」

イースが、いった。

「いいから！」

ヨルビンは、がまんの限界。とうとう、ほえた。にぎりしめたフォークとスプーンが、わなわなしている。「そんなの！　いいから！　あとにして！」

「さあ、こんどこそ、いただきましょう」

リネンさんが、わらって、そういって、秋まつりの最初の日は、はじまった。


「タクラムパン！」

丘《おか》のようにもられたかごを、あらためて目にとめると、フジ先生は声をあげた。「よくぞ、やってきた」

「きたのは、パンじゃないよ。イースだよ」

ヨルビンは、真顔でいった。サラダのうえのくだいたナッツが、はやくも鼻先にくっついている。

タクラムパンは、おまつり用のあげパン。ふかふか生地のなかに、なにが入っているかは、まほう使いにだってわからない。

子どもたちは、真剣《しんけん》にえらび、ひとつずつ、手にとっていく。

ほっくりと、ふたつにわると、キナリは、さけんだ。

「サバだ」

そして、肩《かた》を落とした。サバのオイル煮《に》は、子どもたちの好みではない。わたしは、テーブルのしたで、舌なめずりをした。

シアンは、フォークをつかい、お皿のうえで、わった。

「これは、なに」

「あまく煮《に》た、とりそぼろね。おいしいわよ」

ネイが、のぞきこんで、いった。

ヨルビンが、手づかみでわると、子どもたちは歓声《かんせい》をあげた。

「しばふあん、だ」

すっきりしたハーブをまぜこんだ小豆《あずき》のあんで、子どもにとっては、大当たり。

「いいね」

シアンがいった。「ぼくのとはんぶんこしない？」

「わあ」

ヨルビンは、いった。はんぶんこというひびきが、気にいったようだった。「いいよ」

「ぼくも！」

キナリも、いった。「サバだけど」

「いいよ」

ヨルビンは、うれしそうに、とりかえっこしたあと、手もとのパンを、じっと見ていた。はんぶんずつを、ふたりと交換《こうかん》したので、しばふあんは、なくなっていた。

「なにかが、おかしい」

ヨルビンは、つぶやいた。

「最近、会社のほうは、どうです？」

フジ先生は、鯛《たい》とあさりの水炊《みずた》きを、あふあふと、ほおばりながら、きいた。

「おかげさまで。来年の春には、ほかの島にも、工場がふえる予定です」

イースは、いって、魚のすりみと島ネギのスープを、ひとくち、すすりこむ。「うーむ。やはり、うまい。これは、ラーラでしか味わえない」

「毎年、おなじことをいうのね」

リネンさんは、わらった。

「毎年、おもうんですからしょうがない。これを食べるためだけに、この島にきたいくらいだ」

「あら、わたしたちに会うためじゃないんですか」

ネイは、口をとがらせた。

「いやあ、いじめないでください」

イースは、あたまをかいてわらった。「こういうものは、缶詰《かんづめ》にできないだろうなあ」

「うーん。島によって味つけもちがうし、そのとき、つくらないとおいしくないんじゃないかしら」

リネンさんは、いって、ひよこ豆のあげだんごを、さっくりと、かみわった。「たまには、仕事のこと、わすれたら？」

「ん、うまい。でも、大陸のおくのひとは、よろこぶかもね。海のものがほとんど手に入らないから」

フジ先生は、いった。いすのしたにいたわたしは、そわそわした。そんな場所の飼いねこじゃなくて、ほんとうによかった。

「ちかごろ、ますます、行き来がしにくくなってますしねえ」

イースは、いった。

「そうなんですか？」

ネイは、いった。「おかわり、いかがです？」

「〈壁《かべ》の国《くに》〉よ」

リネンさんは、いって、遠慮《えんりょ》するイースの皿を、さっととりあげる。「執政官《しっせいかん》がかわってから、まわりと争いがたえないの」

「しっせいかん」

ヨルビンが、スプーンを口から出して、いった。「いいね」

「わかるの？　ヨルビン」

ネイは、わらった。「国のことをするひとよ」

「そんなのが、いたのか」

キナリは、ため息をついた。「王さまと、じいやのほかにも」

「戦争にでも、なりそうなんですか？」

フジ先生は、いった。「レム王になってからは、あんなに、おだやかだったのに」

「お妃《きさき》をご病気で亡くされて、ずいぶん、ひとがかわったとか」

イースは、いった。

「お気のどくですね」

ネイは、いった。

「大陸だけじゃないのよ」

リネンさんが、いった。「軍人あがりの、ナバレスという執政官《しっせいかん》で、国を急におおきくしようとして、ノルツの島まで、じぶんの領土にしようとしてるの」

「島って、ぜんぶの島かい。いくつあるとおもってるんだ」

フジ先生は、あきれたようにいった。「八百か、千八百だぞ」

「そういうのが、おきらいみたいですね。ナバレスってひとは」

イースは、片目をつむって、わらった。「数もよくわからんというのが、たえられない。きっと、まじめなひとなんでしょう」

「よくわからないのが、いいんですよ。いつもももやのなかでたどりつけない、カタアシカエル島とか、潮の満ち引きで、べつの島かとおもうくらいおおきさがかわる、ウキブクロ島とか。とれる魚もちがえば、つくるスープもちがう」

「めがね島には、めがね竜《りゅう》がいるよ」

ヨルビンは、いった。

「ノルツの東には、たつまき鬼《おに》がいる」

キナリは、いった。

「そう」

フジ先生は、いった。「海の底で根がつながるサトイモ諸島は、はるかむかし、サトイモ博士がつくったんだ。ひとつの国にまとめようなんて、そんなつまらないことはないよ」

「缶詰工場《かんづめこうじょう》にも、〈壁の国《かべのくに》〉の使いがきたのよ」

リネンさんは、いった。枯葉《かれは》のソースと、水晶《すいしょう》のソースのあいだを指がまよってから、水晶《すいしょう》のソースをとった。羊肉のソーセージにかけるのだ。

「ええっ」

フジ先生とネイは、いった。

「いざというときに、缶詰島《かんづめじま》を守ってやろう。そのかわりに、工場をひとつよこせ、ときました」

イースは、フォークで、あさりの身をすくいながら、いった。「追いかえしましたけどね。ブーツで、しりをけってやりましたよ」

「イース」

リネンさんは、いった。

「すみません。冗談《じょうだん》です」

イースは、いった。「はじめが、肝心《かんじん》なんです。ぴしゃりとやらないと、いつのまにか会社ごと〈壁《かべ》の国《くに》〉にのっとられてた、なんてことになりかねません」

マゼンダ家が、はじめて工場をつくった缶詰島《かんづめじま》。そのまえはなんて呼ばれてたのか、わたしは知らない。七棟《ななむね》の工場と、そこで働くひとの住む町で、できているという。

リネンさんの父親が、自動で缶詰《かんづめ》をつくるしくみを発明した。それまでは、漁師の奥《おく》さんたちが、手作業で魚をびん詰《づ》めしていたんだね。安くて保存のきく缶詰《かんづめ》が行きわたるようになると、ひとびともよろこんだ。なにより助かったのは、漁師たち。とれすぎた魚を、マゼンダ家が買ってくれるんだ。海の恵《めぐ》みを、むだにしたり、すてたりするのは、なによりこころのいたむことだったたから。

「それで、もう、だいじょうぶなんですか」

ネイは、心配そうにきいた。

「そのあと、工場を買いとりたいといってきたの。ものすごい額で」

リネンさんは、いった。「あやしいでしょ」

「ははあ」

フジ先生は、いった。「なーるほど。なんか、あやしいぞ」

「ほんとに、わかってるんですか」

ネイは、ふきだした。

「〈壁《かべ》の国《くに》〉のねらいは、たぶん缶詰工場《かんづめこうじょう》のしくみなの」

「しくみ?」

ネイは、いった。

「そう」

リネンさんは、ヨルビンがこぼしたスープやらなにやらをふきながら、イースに目をやる。

「ええ。おそらくですが、それを改良して、弾薬《だんやく》や武器を大量につくるつもりではないかと」

イースは、いった。

「ふーむ」

フジ先生は、テーブルに手をつっぱって、いすの背にもたれた。「ぶっそうな話ですね。

そのうち、むりやり、うばいにこないともかぎらない」

「いやだ。レム王は、とめられないのかしら。そんな、こわいひとのこと」

ネイは、いった。

「寛大《かんだい》だといわれたレム王も、ちかごろは、ずいぶんかわってしまったらしいわ」

リネンさんは、いった。

イースは息をすい、なにかをいいかけたけど、ただ、ひとつうなずいただけだった。お皿の枯葉《かれは》のソースを、ソーセージでぬぐって、たいらげた。

「お」

そのとき、タクラムパンをわったフジ先生が声をあげた。「しばふあんだ。どうだ。先生はついてるなあ」


その日だけは、午後になっても、おひるねは、なし。

秋まつりに、出かけるのだ。

そろってお出かけすることはあるけど、フジ先生や、イースまでいっしょなんて、めったにない。わたしもついていきたくて庭に出たら、ネイがだきあげて、布かばんに入れてくれた。

丘《おか》をめぐる小道を、海のほうへ折れずに、どこまでもたどっていく。そのうち、ゆるやかにくだりはじめ、道幅《みちはば》がひろがり、建物が見えてくる。そのむこうには、海。水色の風が町をこえて、わたしたちに吹《ふ》きあがってきて、雑木林のなかで、木のつるを楽器のように鳴らした。

わたしは、かばんのなかに、あたまをひっこめた。

潮のにおい！

町のにおい！

音も、においも、すべてが、おおきな、ひとつにまとまっている。見なくたって、かがなくたって、手にとるようにわかる。わたしには、そんな気がしたんだ。この世界のことも、これから起こることさえも。

家のならぶひろい道を行くと、町はずれの森にたどりつく。そのおくは木が切りひらかれていて、そこにあるお堂をかこむように、もう、ひとがぎっしり、いた。

ふだんは漁にいそがしい島のひとたちが、この三日間は、仕事をわすれる。秋まつりは、魚の神さまに感謝するとき。漁に出たくとも、してはいけないことになっているから。

島のそとから、わざわざやってきたお店も出ていた。

ボールをばねでとばして、景品を落とすゲーム。ふりまわすと鳴る鳥笛、ガラス細工のどうぶつ、こおりあめや、ばくだんキャンデーの出店。なかでも、大陸ではやりの、色あ

ざやかな織物や布生地がならんだ屋台には、奥《おく》さんたちがむらがり、フムスやミヤアノのおかあさんのすがたもあった。

「あら、みんないるわ。ごあいさつしなきゃ」

などといいながら、ネイは、わたしごと、かばんをフジ先生にあずけると、そわそわと屋台にすいこまれていった。きらびやかな生地にからめとられるように、ひろげたり、なでたりして、夢中になっている。

「あれは、しばらく帰ってこないな」

フジ先生は、いった。「さあ、みんな、なにを見たいかな。迷子にならないように、行っておいで」

子どもたちは、おもいおもいに、かけだした。

キナリは、なんだかきょろきょろしていた。もしかしたら、タタのすがたをさがしていたのかもしれないね。

「子どもたちは、わたしが見てますから」

イースのことばにあまえて、フジ先生とリネンさんは、出店を一周することにした。

「ばくだんキャンデーでも、やるかい」

フジ先生は、リネンさんに、いった。

「子どもじゃないんだから」

リネンさんはわらった。ばくだんキャンデーとは、キャンデーをくだいたような粉菓子《こながし》。スイカとか、ヨーグルトとか、しばふあんとか、味がいろいろある。そのままなめてもいいけど、何種類かを、ふくろのなかでまぜ、棒にくっつけて、なめるのだ。まぜる味がくじびきで決まるので、たいへんもりあがる。ちなみに、最悪とされているのは、羊のバーベキュー味と、にがうりソーダ味の組みあわせで、いちどなめたフジ先生は、どうくつのなかで、こうもりが口にとびこんできたような味だ、といっていた。

「きみは、うちにもどらないのかい」

フジ先生は、ふと、おもいついたようにいった。

「缶詰島《かんづめじま》に？」

リネンさんは、壁一面《かべいちめん》にぶらさがった、色とりどりの粉キャンデーのふくろをながめながら、いった。はねかえったひかりが、リネンさんの顔を、あざやかに彩《いろど》っている。「居場所がないもの」

「そんなことはないだろう。きみは、あたまがいいから、会社をうまくまとめられる。おとうさんも、それを望んでいるんじゃないかい」

「イースがいるわ」

「イースは、すばらしい男だ。でも、マゼンダ家じゃない」

となりの出店に歩きかけていたリネンさんは、立ちどまり、ふりかえらずに、いった。

「なにがいいたいの」

「きみと結婚《けっこん》して、あと継《つ》ぎになれば、マゼンダ家も安泰《あんたい》だ」

「フジくんも、そうおもってるの」

リネンさんは、いった。わたしは、いやなけはいをかんじて、かばんのなかにひっこんだ。

「世間は、そういってるよ」

「世間の話は、どうでもいい」

「ぼくだって、そうおもうね。いつまでも、こんな孤児院《こじいん》の手伝いをしていたって」

フジ先生が、そこまでいったとき、ふりかえったリネンさんの、とがった声がさえぎった。

「こんな孤児院《こじいん》、ですって。わたしのことはどうだっていい。〈ちいさなやね〉をそんなふうにいわないで」

リネンさんは、せなかをむけた。「さきに、帰ります」

「いや、それは、ことばのあやだよ」

フジ先生は、ひきとめたけど、もうおそかった。しゃんとのびた、ピンクのカーディガンのせなかが、森の出口へと消えていった。


どん、どん、と、たいこが鳴った。

お堂のなかで、出しものがはじまるのだ。

イースは、気落ちしているフジ先生に、のぞいてみませんかと声をかけた。布生地の屋台で、まだ、うんうんとなやんでいるネイをのこし、子どもたちをつれて、お堂の入り口をくぐった。

「すわれるかな」

イースは、お堂のなかを見まわした。おおきいけど、あまり高くない天井《てんじょう》のしたに、木箱のいすが、たくさんならんでいる。島にはこんなにひとがいたんだというくらい、にぎやかだったけど、それでもまだ、ぽつぽつと空いている席はあった。

ひとがおおいのに、なかはひんやりとして、時代のたった木のかおりが、鼻のなかにしのびこんでくる。シアンは、いすにすわると、天井《てんじょう》に、縦横に渡《わた》された、太いはりを、めずらしそうに見あげていた。漁の神さまをまつっているけれど、とくべつなしつらえや凝《こ》ったかざりもなく、お堂といっても、さっぱりとした集会所というかんじ。

「さあさ、お初にお目にかかります。〈野生のリス一座〉と申します」

舞台《ぶたい》に出てきた山高帽《やまたかぼう》のおじさんが、はりのあるいい声で、しゃべりだした。ならんでぶらさがった、ちょうちんのあかりをうけて、黒いチョッキが星くずのようにきらめく。

「わたくしが、口上のラタン。そして、」

「お、なんか出てきたぞ」

フジ先生は、ぱちぱち、手をたたく。

みじかいドレスの、こがらな女のひとが、舞台《ぶたい》そでからかけだしてくると、ぽん、と宙がえりして、着地した。うしろにむすんだ黒髪《くろかみ》をはねさせて、おじぎをする。そうして、どこからか銀色の玉をとりだすと、投げあげては、うけとって、また投げあげる。玉は、どんどん、ふえていく。くるくる、くるくる、目がまわりそう。

「紅一点。軽わざの、ジーナ」

わっと、拍手《はくしゅ》。いつのまにか、そのうしろに、すばらしい金髪《きんぱつ》と、ぴったりした黒服の男があらわれて、ジーナの腰《こし》をかかえ、ほうりあげるように、高くもちあげた。

「ばねじかけの、マシアス」

お堂いっぱいのひとが、息をのむ音。投げあげられた銀色の玉が、まだ、空中にあった

野生のリス一座

から。だけど、とびちるかとおもえた玉は、宙にさしあげられたジーナの腕《うで》のなかに、ひとつのこらず、すいこまれた。

わーっ、とどよめいて、拍手《はくしゅ》や、くちぶえが鳴りひびく。

子どもたちは、もう、夢中。目はまんまるで、口は、それより、もっとあんぐり。

「ジーナと、マシアスです」

ラタンの指さきが、矢のように、ふたりをさす。虹《にじ》の橋のように反らしたマシアスのからだを、きりもみをしたジーナが、とびこえる。ならんで、あたまをさげると、ふたたび、お堂がどっとわいた。

拍手《はくしゅ》がやむと、マシアスは、しずかにジーナにむかいあい、両の手をとった。そして、ふりまわすように、回転しはじめた。どんどんはやく、高く、ジーナは浮《う》かびあがっていく。マシアスは、その手を、いきなり、はなした。

客席から、悲鳴があがった。天井《てんじょう》までほうりあげられたジーナが、まるで、人形のように落ちてくる。

あわや、とおもったとき、したにいたのは、舞台《ぶたい》そでから歩いてきた大男。その肩《かた》に、ぐうぜんみたいに、ぽんと、のっかった。大男が、いまなんか落ちてきた？　とばかりに空を見あげたので、お堂はゆれるようなわらいにつつまれた。

「岩から生まれた男、トラット」

口上のラタンが、そろえた指さきをむけると、トラットは、いま客席に気づいたというように、ひょい、とおじぎをした。ずり落ちそうになったジーナが、ばたばたして、坊主《ぼうず》あたまにしがみついたので、わらいにわらいがかさなっていく。


シアンが、ちいさく息をのんだのがわかった。

その黒いマントの男は、ただ、音もなくあらわれただけなのに、まるで舞台《ぶたい》の照明ががやきをましたかにおもえた。

「さて、しんがりに、いできたりましたのは、一座の看板役者、ディラード」

ラタンが、ひときわ声をはりあげた。ほかの三人は、もうそでにひっこみ、ひとりきり。なのに、なぜか舞台《ぶたい》がせまくなったみたい。三角の、黒いいかのようなそのすがたは、山道で出会ったあの男。だけど、いまは、天をさす弓矢のように見えた。

ディラードは、きびしい顔に、うっすらと古傷のような笑みを浮《う》かべていた。糸につられるように、ゆっくり、指さきをあげ、客席の目を集めると、おそろしく通る声を、かん、とはじきだした。

「ああ、それにしても、隊長はどこに行かれたのか。われらが隊長がいなければ、まよいこんだこの森も、またいちだんと暗い。とはいえ、さがしにいったやつらさえ、帰ってこないのは、どうしたことだ。おーい。なんだってんだ。おまえらまで、まさか、消えてしまったんじゃあるまいな。おーい」

やあ、おもしろいな、とフジ先生が、つぶやいた。「いつのまにか、芝居《しばい》がはじまったぞ」

「〈リアーヌ隊長〉、だ」

イースは、子どもたちにささやいた。「有名な演劇で、むかし大陸の西でほんとにあった話が、もとになってるんだよ」

そのあと、隊長をさがすディラードのしたの兵隊として、ふたたびジーナやトラットが、外とうを着てあらわれたり、口上のラタンが、森のなかで出くわした敵となって登場したりした。

やさ男のマシアスが女装して、魔女《まじょ》の役であらわれると、漁師の男たちはわらったけど、女たちは、その美貌《びぼう》にため息をついた。

わらって、どきどきして、最後は、すこしほろりとして。みんな、時間がたつのもわすれてたみたい。お芝居《しばい》が終わったとき、しばらく間があいて、われにかえったように、拍《はく》手喝采《しゅかっさい》になったんだ。

なかでも、ディラードはすごかった。どうしても見つからないリアーヌ隊長をさがして、やけになってさけんだり、ひっくりかえってじたばたするたびに、観客はわらい、あたまをかかえるたびに、いっしょになってうなっていた。

結局、リアーヌ隊長というひとは、いちどもあらわれず、劇は幕になった。出しものはおしまいかと、帰り支度をしていると、ごろごろと、たるを転がしながら、兵隊のかっこうのままのトラットがあらわれた。

まんなかまで押《お》してくると、肌《はだ》ぬぎになって、太い腕《うで》で、たるをかかえた。せなかが、けわしい磯《いそ》のように、でこぼこと波うつ。顔が、くるしげにゆがむ。うなり声をあげて、もちあげたたるを、首のまわりで、ぐるりい、ぐるりい、とまわしはじめた。観客は、どよめいた。すると、トラットは、にんまりわらい、片手で、ひょい、と、たるをさしあげたんだ。どっと、わらいが起きる。

「だまされた」

フジ先生も、わらった。

「なんだあ。からっぽかあ」

キナリたちも、わらった。

ところが、たるのふたがひらいて、なんと、赤いドレスのジーナがあらわれたので、みんな、ひっくりかえるくらいおどろいたのだった。

そのあと、ジーナがのこって、ぴったりした黒服に着がえたディラードが、テーブルを押《お》して出てきた。

「さあ、本日、最後のおたのしみ」

ディラードは、まんなかに立つと、いった。「じつは、ここなる、ジーナは、大陸でも名だたる千里眼でもあります。きょうは、ラーラのみなさんと、一騎《いっき》うちといきましょう。われこそはとおもわんかたは、壇上《だんじょう》へ」

「ようし、いっちょう、おれが」

とあみ漁では、島いちばんのジオじいさんが、流木みたいな手を、のっそりとあげた。やんやと声援《せいえん》をうけながら、壇《だん》をあがっていった。ところが、ジオじいさんがえらんで、かくした木札の数字が次々にあてられたり、かごのなかのことりが目のまえで消えたり、きっちり結んだひものむすび目を、なんどはさみで切っても、ほどくと一本につながっていたり。

ジオじいさんは、すっかりだまされっぱなしで、くやしがっていた。でも、美人のジーナに、いいようにあしらわれて、なんだか、うれしそうでもあったんだ。

「さあ、もうひとり、いきましょう。どなたかー」

ディラードは、客席を見まわした。

「おはーい」

「おおう。いまの、元気のいい声は、どっちかな」

ディラードは、ひとごみで手をあげたまま、ぴょんぴょんはねている子を、まねきあげた。子どもたちは、あっといった。

「フムスじゃないか」

〈ちいさなやね〉で、父親のうたをおもいだした、あのフムスだった。肩《かた》をいからせて、けっしてだまされるもんか、という顔だ。

「みなさん、ごらんください。幼いのに、たたかいにいどむ、男の顔だ。かれは、ジオじいさんの、かたきうちをする気です」

ディラードがいうと、客席がやんやとわいた。「お名前は、なんだい」

「あててみたら」

どっかりと、いすにすわったフムスは、腕組《うでぐ》みをして、いった。

「それは、こまったなあ」

ディラードは、おおげさに、あたまをかいた。「さすがのジーナも、それはむりだろう」

「ちょっと、まってね」

ジーナは、目をつむり、ひたいに、中指をあてた。「フがつくわね」

フムスは、あっというまに、たじたじになる。「つかないよ」

「あら、うそは、だめよ。フムスくん？」

「うそじゃないよ」

と、いいかけて、フムスはさけんだ。「なんで、わかったの？」

「さっき、むこうで、そう呼ぶ声が、聞こえたのでした」

ジーナは、片目をつむって、こちらのほうを指さした。

「なんだよ、ずるいぞ」

フムスがさけぶと、お堂が、わらいにつつまれたのだった。

「それでは、このなかから、札を一枚、ひいてください」

ジーナは、布ぶくろの口をひろげて、さしだした。「それを、わたしに見せないで、数字をおぼえておいてね」

フムスは、見やぶられまいと、木札をぴったり手のひらでおおったり、シャツのおなかにかくしたり。でも、なんどやってもあてられてしまい、そのたびに、客席から、はげましの声がかかった。しかし、抵抗《ていこう》もむなしく、しまいには、ふくろにもどしたはずの木札が、じぶんの半ズボンのポケットから出てきたので、フムスは、がっくりと肩《かた》を落とした。

「だめだ。こうさん」

フムスは、くやしげにいう。「でも、おれの友だちも、すごいんだよ」

「お友だち？　手品ができるの？」

ジーナは、きいた。

「手品じゃないよ」

壇《だん》のうえで、フムスは宣言した。「ほんとにすごいんだ、シアンは」

「え」

フジ先生とイースと子どもたちは、同時に声をあげた。そして、シアンの顔を見た。

「あは」

シアンは、いった。

「これは、どうにも、聞きおぼえのある、名前」

ディラードは、胸に手をあて、芝居《しばい》がかった口調で述べたてた。「われら〈野生のリス一座〉は、旗あげしてわずか三年。ひよっこの旅芸人です。島々をめぐり、このうつくしいラーラに、はじめてまいりました」

そうして、つよくひかる目で、お堂をねめまわす。なにがはじまるのかと、客席はしんとなる。

「なのに、知人が、ございます。勝手知らぬ土地で、まよっていたわたしに、お堂への行きかたを教えてくれた、こころやさしい少年がいました」

ディラードは、いったん、ことばを区切ってから、あらためて、いった。「シアン、きみに、まちがいなければ、ここにきてくれないか」

シアンは、びくりとして、わたしたちの顔をうかがった。そして、磯《いそ》のどうくつのなかの波のようにひびく、ディラードの声にさそわれ、立ちあがった。お客さんのすきまをすりぬけて、歩きだす。まるで海面を行くように、客のすがたにしずんだとおもうと、息つぎみたいに、あたまが出た。

「シアン。この島の、わたしの最初の友人です」

ディラードが、つよく肩《かた》をだくと、ぱらぱらと拍手《はくしゅ》が起きた。シアンは、こちこちになっていた。

「木札をひいてみるかい？　それとも、きみも出しものがある？」

ディラードは口もとをきゅっとあげると、客席を見ているシアンをのぞきこんだ。

「シアンはねー」

かわりに、しゃべったのは、壇《だん》のしたにいたフムス。「むかしのことを、おもいださせてくれるんだ」

「むかし、だって？」

ディラードは、けげんな顔をしてから、わらいだした。

「あはははは。いや、これは失礼。きみたちのような子から、むかしなんてことばを聞くのが、おかしくてね。五年もまえには、生まれてないかもしれないのに」

「そうだよ」

フムスは、いった。「生まれるまえのことさ」

ディラードは、ことばをうしなった。舞台《ぶたい》で、せりふをわすれたことなんて、いちどもなさそうなディラードが、あたまがまっ白になったように、立ちつくしていた。ほほえみを、顔にはりつけたまま。その反対に、客席はざわついた。島のにんげんなら、うわさを聞いたことがあるだろう。

「みなさま、お聞きになりましたか」

ディラードは、気をとりなおして語りかけた。「わたしの耳が、どうかしてしまったのか。フムスくん、生まれるまえ、だって？」

「そう。おなかにいたときのことさ」

「それは、いま、ここでも、できるのかい」

ディラードは、シアンに目をうつし、ことばを区切るように、きいた。

「できるとおもうけど」

シアンは、いった。

消えてしまいそうな声は、観客には聞こえなかっただろう。ねこをべつとしたらね。

ディラードは、うなずき、舞台《ぶたい》そでに、呼ばわった。「トラット」

岩から生まれた男は、とつぜんの呼び出しで、肌《はだ》ぬぎのまま、みしみしと、あらわれた。となりに立つシアンは、そのにぎりこぶしくらいに見えた。きょうの出番は終わったはずだったんだろうね、岩がとまどったら、こんなかんじかもしれない。

「シアン。こいつに、やってみてくれないか。おなかにいたときを、おもいだす、ってやつを」

ディラードは、いった。

「このひとに？」

シアンは、こまったように、いった。

「おなかが、なんだって」

トラットも、こまったように、いった。話についていけない、というように。

「そんな、急にいわれて。ぼうや、できる？」

ジーナは、気づかった。

「わかんない。ほかの友だちなら、できたけど」

シアンは、トラットを見あげて、おそるおそる、いった。「岩から生まれたひとは、はじめてだから」

これには、一座も観客も、ふきだした。

「ちがいない」

ディラードも、げらげら、わらっている。

「だいじょうぶでしょうか」

これは、わいている客席のこちら側。イースが、いまにも立ちあがって、つれもどそうと、腰《こし》を浮《う》かせていた。

「岩はともかくとして、おとなあいてというのは、はじめてですね」

フジ先生は、いった。

「ははあ」

イースは、とまどっていた。シアンの能力を、まだ見たことがなかったからね。

そのとまどいは、たぶん、フジ先生には伝わらなかった。そのとき、お堂の天井《てんじょう》まで、歓声《かんせい》がひびきわたったのだ。舞台《ぶたい》では、ちいさなシアンが、いつもより、もっと、ずっと、ちいさく見えた。その子が、ちいさな左手を、つまさき立ちになるようにして、高々とさしあげていた。

「いやあ、すごいもりあがりだ」

顔には出さないようにしていたけど、フジ先生の目は、かがやいていた。まるで、息子の晴れすがたでも見るみたいだった。

トラットは、しばしのあいだ、シアンを見つめていた。

そのあいだに、歓声《かんせい》は静まっていき、凪《なぎ》の海のように、しんとなった。

「耳を」

シアンは、いった。

「くっつけるのか」

トラットは、いった。背のびしたシアンの左手に耳をちかづけるために、かなり、かがまなければならなかった。シアンのちいさい貝がらが、ぶあつい手に、にぎりこまれた。トラットがひざをつくと、舞台《ぶたい》が、みしっといった。

「これで、いいのかい」

トラットはいい、そう、とシアンはいった。

観客は、山のような大男が、ちいさな子にひざまずいたそのすがたに、わらっていたが、しだいに歓声《かんせい》は静まり、かすかなくすくすわらいさえも、消えていった。

トラットは、兵隊の帽子《ぼうし》をとって、坊主《ぼうず》あたまをたれた。シアンの左手を、耳にあて、目をつむると、お堂には、音というものがなくなったようだった。

まるで、神さまに感謝するという、まつりの目的を、はじめておもいだしたとでもいうように、ひとびとは、そのふたりを見つめていた。わたしは、おおきな野獣《やじゅう》をしたがえた、いとけない子どものこんなふうなすがたを、いつか、どこかで見たことがあるような気がした。それこそ、生まれるずっとまえかもしれないけど。

「ああ」

トラットは、いった。お堂のくうきに、まるで波しぶきがまじるように、わたしのひげが、しめってきた。

聞こえるはずのない、しおさい。それに、まじって、かすかな息づかいや、きぬずれの音。とおくからとどいたひびきが、また、耳もとからはなれ、舞《ま》いあがっては、くずれ、よせては、かえすように、とおざかっていく。ちかくの音は、かすかに聞こえ、はなれた音が、重くふるえる。

ディラードは、腕《うで》を組んでほほえんでいたけど、顔は、かつぶしみたいに、こわばっていた。

「海の音がする。なつかしい。これは、どこの海だっけなあ」

シアンの手を貝がらにして聞きながら、トラットは、つぶやいた。とじたまぶたのうらで、なにかを見ているようだ。

「なつかしい」

シアンは、いった。「どこのうみだっけなあ」

「あの海岸。子どものころの」

トラットは、いった。

「子どものころ」

シアンは、いった。「すごく」

「すごく。いや、もっとまえ」

「もっとまえ」

「うん。そうだ。かあちゃんのなかにいるとき」

トラットは、いった。

「かあちゃん」

「そのときの、おとなんだ」

「そうだったかも、しれないよ」

「しれないなあ」

「しれない」

まるで似ていないはずの、トラットとシアンの声が、どんどん、区別がつかなくなっていく。

貝がらからひびいているはずの音が、いつものように、なぜかまわりにもあふれだしてくる。いまや、静まりかえった観衆も、気づきはじめているようだった。波音は押《お》しよせ、ひとびとのかすかな息づかいを、かなたへさらっていく。わたしはシアンを見た。その子は、波うちぎわに立ちつくし、夜明けの海のむこうからやってくる、なにかをまっているように見えたんだ。

「あははは」

トラットは、わらった。

「あはは」

シアンも、つられて、わらう。年も、体格も、声も、なにもかも、ちがうことばが、水のなかの絵の具のように、ゆれながら、まじっていく。

「くすぐってえ」

「元気で、生まれるんだぞ、って」

「ぞ、って」

「しつこく、なでられるから、おれは、けってやった」

「あはは」

「ばかやろう。いわれなくたって、元気に、生まれてやるさ」

「いわれなくたってさばかやろう」

おれ？
なでてるの　おれ？
　　けったのも　おれ　　　　　　　　　とうちゃんだ
　とうちゃん　　　　　　　　　　　はじめてみた
　　　せんそうで、しんだのさ　たいりくの
　　生まれてすぐ
　　　なんだ、
　　　　　　　　　おれに、そっくりじゃないか

「そっくりじゃないか」

くすくすわらいが、いつしか、入江《いりえ》にぶつかって、とまる。「どうしてしぬかなあ」

「あんなに、おれが生まれるのをたのしみにしていたのに、どうして」

「おいて、戦争になんか行きやがって」

トラット自身の声にもどって、はっきりと、いった。

「かあちゃんは」

「あんなに」

「苦労して」

岩のような大男は、最後に、がれきのような怒《いか》りをはきだして声をあげ、その声に、じぶんが仰天《ぎょうてん》したように、はっと目をひらいた。そうして、じぶんがどこにいるか、わからないというように、しばらく、ぼうぜんとしていた。

ふしぎなことに、シアンのまえにかがんだ大男は、そのあいだじゅう、まるで、おなかのなかの子どものように見えていた。トラットは、シアンの手をはなし、立ちあがった。細い目のおくが、うるんでいるらしいのが、客席からでもわかった。

お堂のなかは、異様に、静まりかえっていた。びっくりもしただろう。感動もしただろう。だけど、だれもが、のどがつまったように声も出ないのは、おそろしさのせいだった。まるで、ばけものにでも、出くわしたような。

「いやあ、すばらしい」

ディラードは、とびっきりの明るい声で、呼びかけた。「大男の目にひかる、ひとしずくの涙《なみだ》。まるで、一幕の芝居《しばい》を観たようでした。シアンくんに、盛大な、拍手《はくしゅ》を」

ぱらぱらという拍手《はくしゅ》が、しだいにおおきくなる。客席は声をとりもどし、ざわつきはじめた。ディラードのとっさの口上で、これは、よくできたお芝居《しばい》や手品のつづきで、すっかりかつがれたのかも、とおもったようだった。

喝采《かっさい》を浴び、こまったようにうつむいて壇《だん》をおりていくシアンの耳もとに、ディラードが、なにか、ささやいたように見えた。わたしの耳でも、内容は、聞きとれなかったけど。

フジ先生も、わらって、手をたたいていた。まわりのもりあがりをよく見ようと、ふりかえった。

うしろの立ち見の人垣《ひとがき》のなかに、ネイがいた。

ふたつのぬいつけられたボタンのように、両目を見ひらき、見たこともない、おそろしく青ざめた顔で、立っていた。


ほめそやしたり、からかったりしてくるひとごみから、シアンをかばい、ネイは、お堂からにげだすように、〈ちいさなやね〉に帰っていった。

そのあと、みんなともどったフジ先生を、ネイは、泣きわめき、どなりつけた。

「あんまりじゃないですか。子どもを、見せものにするなんて」

「見せものなんて、そんなつもりはないよ」

フジ先生は、けんまくに、あとずさりしながら、いった。

「シアンは、ふつうの子どもなんですよ。あんなふうに、さらしものにして」

「さらしものじゃない。みんな、感心してたじゃないか。すごい能力だって」

フジ先生は、いいかえしているようだが、だんだん、ろうかのすみに追いつめられている。

「ひととちがう、ちからなんて、いらないんです。島のひとたちの目を見ましたか。まるで、ばけものでも見るみたいに、シアンを」

ひどすぎます、というと、ネイは、顔をおおって、わああと泣きはじめた。

イースは、いそいで子どもたちをつれだし、おゆうぎ室のドアをしめたけど、あらかた聞こえてしまったあとだった。シアンは、うつむいていた。

「ネイ、ないてたね」

しばらくして、つみきをいじりながら、ヨルビンは、いった。

「でも、シアンは、かっこよかったなあ」

キナリは、いった。子どもなりに、気をつかっているようだ。

「もう、しないほうが、いいね」

シアンは、いった。壇《だん》のうえで、喝采《かっさい》を浴びたときの、ほんのすこしだけど、晴れがましい顔は、もう、どこにもなかった。

「そんなことはない。あれは、すばらしいちからだ」

イースは、シアンのあたまに手をおいて、いった。「でも、どんなちからも、すぐれていればいるほど、つかいかたに気をつけないといけないものなんだ」

「つかいかた」

シアンは、顔をあげて、いった。

「そう。もってるちからの、おおきいか、ちいさいかなんて、にんげんの値うちとは、かんけいない。それを、どうつかうかだけが、そのひとの値うちを決めるんだ」

日はかたむいて、おゆうぎ室の床《ゆか》だけが、わずかに明るかった。イースの顔は、かげになっていた。そのかげのなかで、イースは、そういったんだ。


つぎの日の、おひるねのあと、シアンは、ふらりとそとに出た。わたしは、戸口から出ていくちいさなせなかが、おもてのかわいた日差しで、まっ黒なかげになるのを見あげた。

秋まつりの二日目で、青空には、魚を焼いたけむりみたいな細ながい雲が、何本か。

にゃあ、と鳴いて、わたしはついていく。なんだか、胸さわぎがしたのだ。

「カモメ、おまえも、くるかい」

シアンは、いうと、庭のそとに、歩きだす。きのうの山道を、とっとと行く。あしうらの土が、日かげでもかわいている。洗いたてのふきんみたいなさっぱりした風が、雑木林の色づいた葉や、わたしのみじかいひげを、くすぐるように、なでていく。秋くさい。わかれ道で、港の側にはくだらず、まよいなく、まっすぐ、すすむ。

お堂に、むかっているんじゃないか。

立ちどまって、にみう、と鳴いたわたしを、シアンはもどってだきあげ、

「ひとりできてくれ、って、いわれたんだけど、おまえなら、いいよね」

というと、また、歩きだした。

森のなかの広場は、きのうとおなじように、にぎわっていた。シアンは、ひとびとのあしもとを、わたしをだっこしながら、器用に通りぬけていく。

「お堂のうらのほう、なんだって」

シアンは、ひとりごとをいいながら、お堂を右まわりにすすみ、ひんやりした日かげに入っていった。

だっこされていると、シアンの心臓が、はやくうごいているのがわかった。子どもの汗《あせ》のにおいがした。とくべつなんかじゃない、ただの、ふつうの子だ。きのう、あんなちからを見ても、もうおそろしさはかんじなかった。たとえ、この世界にやってくるまえの暗やみに、つれていかれたってかまわない。この子は守られなきゃいけない。

お堂の裏口のドアをあけると、がらんとした幅《はば》のひろいろうかで、〈野生のリス一座〉が、午後からの出しものの、おさらいをしていた。

「やあ。きのうの主役の、登場だ」

ディラードがかけよって、わたしごと、シアンをかかえあげた。「よくきてくれたなあ」

ろうかのつきあたりに、控《ひか》え室《しつ》があって、一座は、そこにねとまりもしているのだった。

「かわいいねこちゃんねえ」

ジーナが、わたしにいった。「なんてお名前」

「カモメ」

わきのいすにのせられたシアンがいうと、

「それは、いい名だ」

口上のラタンがうなずいた。「きみのおかげで、きのうの初日はすばらしい舞台《ぶたい》になった。ほんとうに感謝してるよ」

「おそれいったよ。あたまのなかが、ぶっとんじまった。あれを、いまだに、おれのお芝《しば》居《い》だとおもってるやつもいるんだ」

トラットは、いった。

「あんたが、あんなに演技がうまいわけないけどねえ」

ジーナがいうと、みんなが、どっと、わらった。

シアンは、はじめはとまどっていたが、すこしずつ、顔が明るくなる。

「シアンくん」

ラタンは、顔をちかづけて、いった。山高帽《やまたかぼう》がないと、髪《かみ》がヤドリギのように、もじゃついている。「わたしらの、一座に、入る気はないかね」

「あは」

シアンは、目をまぶしそうにしばたかせ、それから、ディラードを見あげた。

「ラタンさん。あんたは、せっかちすぎるよ」

ディラードはわらって、すぐに真顔になった。「シアン。きみのちからは、すごい。かけねなしだ」

「わたしも、いろんな芸や、出しものを見てきたけど、あんなのは、はじめて」

ジーナは、いった。「しかも、とびいりで、あのもりあがりなんて。しっかり舞台用《ぶたいよう》の芸にしたてたら、一級品になるわ」

「しかも、演じるのが、四才の子どもだっていうんだから」

マシアスは、腕組《うでぐ》みをして、いった。「大陸の、いちばんおおきな劇場にだって、お呼びがかかるだろうね」

「なにより、すごいのは」

ディラードは、ことばを区切って、ひとさし指を立てる。そしてその指を、ゆっくりと、シアンにむけて、たおした。

「それが、ひとさまの役に立つってこと。トラットの涙《なみだ》を見ただろう。きみのちからにくらべたら、おれたちの芸なんて、おあそびみたいなもんだ。わかるか、シアン。きみを、この島にねむらしておくのは、もったいないんだ」

「でも」

シアンは、もじもじと、いった。「もう、ひとまえでするの、やめたんだ」

「ははあ」

ディラードは、びっくりして、いった。「おとなに、なにかいわれたんだな」

シアンは、だまって、うつむいた。わたしは、あしもとから、その顔を見あげた。

「シアン。きみは、孤児院《こじいん》にいるんだろう」

ディラードは、いった。「おれも、みなしごだった。ジーナもそう。そこは、いまは居ごこちがよくたって、ほんとうの家じゃない。いつかは、じぶんの生きる場所を、じぶんで見つけなきゃいけないんだ。はやいか、おそいかの、ちがいさ。おれたちが、きみの家族になれるかもしれない」

「かぞく」

シアンは、そのことばをくりかえした。タクラムパンから出てきた、知らない具の名前かなにかのように。

「そう。そしたら、おれのおとうとだ。にいちゃんと呼んでくれ」

ディラードは、いった。

「気がはやいわよ、あんたこそ」

ジーナは、ディラードをこづいて、わらった。

「どこかの船がしずんで、きみは、ラーラに流れついたんだってな」

ディラードは、たずねた。「ひとには、むかしを、おもいださせることができるのに、じぶんでは、やってみないのか。どこからきたのか、わかるかもしれないのに」

「じぶんには、できない」

シアンは、いった。

「やってみたこと、あるのか」

ディラードは、いった。

「ないけど」

シアンは、ななめしたの、なにもない床《ゆか》を見ながら、いった。

「ふうん」

ジーナは、いった。「まえに、知りあいの占《うらな》い師《し》が、じぶんの未来は占《うらな》えないっていってた。ちからがなくなってしまうって。それとおなじなのかも」

「シアン。おとうとが気がはやいってんなら、あいぼうでもいい」

ディラードは、シアンのちいさな肩《かた》に手をおいて、いった。「あした、秋まつりが終わったら、おれたちは、この島を出るんだ。よかったら、夕ぐれごろに、船つき場にきてくれ。すぐにいっしょに行けなくともいい。一日考えて、きみの気もちを聞かせてくれないか」

もうすぐ公演のはじまる時間だったので、シアンは、一座のみんなに見送られて、森の広場を出た。ひとがへっていたのは、お堂のなかに入ったからだろう。きのうの評判を聞きつけたのか、入り口から、行列がはみだしていた。

「ねえ。カモメ」

シアンは、わたしをだっこしたり、つかれたら、地面を歩かせたりした。「にいちゃんって、いいね。カモメには、にいちゃんいる?」

わたしは、にゃあ、という。はい、でも、いいえ、でもない。話を聞いているよ、という意味だ。

「きのう、フジ先生、おこられてたねえ」

シアンは、ぽつりといった。「ネイも、ないてた。ぼくは、ちいさなやねにいてもいいのかなあ」

秋の日はみじかいけど、まだ夕ぐれには、はやい。風が林をぬけていくと、木のつるが、こんこんと幹をたたいた。

「ぼく、ひとさまのやくにたつって」

シアンは、まえをむいたまま、いった。「だったらいいな。ここだと、みんなを、いやな、気もちにさせる、ばっかりだから。カモメは、どうおもう?」

わたしは、にゃあ、と、いった。そういうしかなかった。

「ぼく、ほんとは、ずっと、ここにいたいんだ」

ときどき日がかげり、帰り道は、寒くかんじた。わたしは、シアンのあとについて、ただ、歩いた。

つぎの日、シアンは、考えこんでいるように見えたけど、ふだんから無口なので、だれにも気づかれなかった。お昼は、のこりのタクラムパン。あんなにたくさんあったけど、そろそろ、最後にちかづいてきた。

なかの具は、魚のほぐし身と干したキャベツ。豆と小魚のあまく煮《に》たの。子どもたちには、ひつじのあぶり肉が、あたりだった。

「お、いいな、キナリ」

フジ先生は、いった。

「ぼく、しばふあん」

ヨルビンは、いった。

「またか。すごいな、ヨル」

フジ先生は、おおげさにおどろいた。

「でも、あきてきたかもね」

ヨルビンは、いう。具は日もちしても、あげた皮は、もう、しなしなだ。

「タクラムパンにあきると、おまつりも終わり、というかんじがしますねえ」

イースは、いって、あはは、とわらったけど、そのあと話はつづかず、お皿とナイフの鳴る音だけがしていた。

シアンの無口が目立たないのには、ほかにも理由があった。ネイとリネンさんのきげんが、ひどくわるくて、朝から、フジ先生と、ひとことも口をきいてないのだ。シアンは、それも、じぶんのせいと、かんじていたのかもしれない。子どものくせに、そういうところがある。

おひるねのあとの、外あそびのあいだだった。シアンは、なにげないかんじで、庭を出た。日がかたむきはじめていたので、港に行くんだとおもった。

わたしは、見うしなわないように、ついていった。山道を左手に折れて、くだっていき、林をぬけると、海がひらけた。

おやすみちゅうの漁船が、ならんでつながれて、ねむっているように、ゆれていた。だれかきたぞって、ひじでつつきあって、ささやくみたいに、たぷたぷ、きしきし、音がする。もうすぐ水平線にくっつきそうな、おひさまのほうに、波止場ぞいを歩いていくと、客船や、荷物の定期便のための、船つき場がある。

石づくりの船つき場に、五本のながいかげ。〈野生のリス一座〉が、おおきな荷物といっしょにまっていた。

「よう。あいぼう」

ディラードが、わらった。はなれていても、まっ白な歯がわかる。

夕方なのに、空はまだ明るくて、灰色のうすい雲が、空の高いところをはやく吹《ふ》かれている。ぽつんと雨が落ちてきた。トラットが、空を見あげた。

「どうだい。考えてくれたかい」

ディラードは、いった。

「にいちゃん」

シアンは、おもいきって、そういってみて、とちゅうでうつむいた。「ぼく、行かれない」

ディラードは、にっこりわらった。のぞきこむように、すこしかがんで、いう。「行けないのかい。行きたくないのかい」

「行きたいよ」

シアンは、いった。「でも」

「でも？」

ディラードは、いった。

「うん」

といったきり、シアンは、ますますうつむいたので、顔が、おなかにつきそうだった。

「わかった」

ディラードは、いった。

「やさしい子」

ジーナは、いった。

「やさしい子には、人生は、ざんこくなものだ」

ラタンは、いった。

「じゃあ、またな、っていいたいとこだけど」

ディラードは、いった。「そうもいかないんだ」

そして、立ちすくむシアンに、すばやくちかづき、いっきに肩《かた》にかつぎあげた。

マントのボタンが外れ、おおきくひらく。くすんだ緑色の服が見えた。えりに、赤と金色のぬいとりの線が入っている。それは、芝居《しばい》のときの兵隊の衣装ではなかったけど、軍服のように見えた。

いつのまにか、白くかわいた石づくりの埠頭《ふとう》に、雨のしみが、黒くひろがっていた。おおつぶの雨がふりだしたのに、空は晴れあがっていた。

シアンが、じたばたしている。やさ男のマシアスが、おおきな麻袋《あさぶくろ》をひろげたのを見て、わたしは、おもわず、かけだしていた。

「いてっ」

マシアスが、さけんだ。手の甲《こう》を、ざっくり、ひっかいてやった。マシアスが、腕《うで》をぶんまわしたので、わたしは放りだされた。受け身をとれずに、横腹から石だたみにたたきつけられて、転がった。

「このねこ、つめで、やりやがった」

とうぜんだ。わたしは、さけびたかった。なんのために、ねこに、つめがあるとおもってるの。たいせつなものを、守るためじゃないか。

わたしは、あしもとをかけぬけると、もういちど、マシアスにとびついた。

「いってえ」

首すじを、ひっかく。マシアスがからだをまわし、わたしは、宙に浮《う》いたところを、ディラードに、けりとばされた。ぎゃっ、と声が出た。

わたしは、埠頭《ふとう》を転がり、やぶに転がりこんで、ようやくとまった。目のまえで、雨が地面にあたって、けむりになって、はじけている。日差しが反射して、見渡《みわた》すかぎり、まぶしくて、目があけられない。そのひかりのカーテンのむこうには、海のさざ波のかがやき。

右のまえあしが熱くなっていて、うごかなかった。

「カモメ」

シアンは、さけんで、口をおさえられた。もごもご、といった。にげて、といったのが、わたしにはわかった。

麻袋《あさぶくろ》に入れられて、そのうえから、なわでぐるりとしばられる。

わたしは、毛皮のしたに、刃物《はもの》をさしこまれたようなきぶんだった。疑いもしなかった。野生の勘《かん》なんて、働きもしなかった。あんなにシアンがよろこんでたから。どうぶつだって、できることなら、にんげんを信じたいんだ。

日がかげって、そのとたん、あたりは、まっ暗になった。雨は、本降りになりはじめた。一座の五人は、それぞれ、雨のなかで上着をぬいだ。だれもが、したにおなじ服を着こんでいた。くすんだ緑色で、赤と金のぬいとりが入っていた。

わたしは、声をふりしぼって、鳴いた。

なにが、家族だ。なにが、おとうとだ。

うそばかりじゃないか。

生きるために、よわいものをとったり、ころしたり。それは、どんないきものでもする。でも、こんなざんこくなことをするのは、にんげんだけだ。まだ四才の子どもを、こんなふうにだますなんて。ことばっていうのは、うそをつくためにあるの？　だったら、そんなもの、しゃべれなくていい。

わたしは、にんげんという、いきものを、けいべつする。


「ディラード」

トラットは、いった。「この子は、見のがすってわけに、いかないのか」

「なんだあ?」

ディラードは、いった。それは、いままでの役者の声とはまるでちがう、水底《みなそこ》にしずんだ、鉄の棒のような声だった。

「おれ、ちいさいころから、かあちゃんとふたりで、苦労してたから、ずっと、おやじをにくんでたんだ。戦争でしんだなんてうそで、おれや、かあちゃんをすてて、もしかしたら、にげたんじゃないかって」

トラットは、つづけた。「でも、この子のおかげで、そんなことはないって、わかった。おやじが、おれにそっくりでさ、あんなに、おれに会いたがってくれてたって」

「聞いたか、みんな」

ディラードは、はきすてるようにいった。「くだらねえ。おれたちの目的をわすれやがったのか。すっかり、あたまんなかまで、旅芸人になっちまったんじゃねえのか」

マシアスとラタンは、わらった。

「まあ、しかし、まえのいくさで、何人ころしたかわからねえ、あのトラットが、こんなふぬけになっちまうんだから、この子のちからってのは、すげえもんなんだろう」

ディラードは、雨のなかで、もぞもぞうごく麻袋《あさぶくろ》を見て、いった。「まあ、もう、かんけいないが」

「それにしても、まちがいないのね」

ジーナが、いった。

「島に流れついた時期も、つれさられたころと、あってる」

ディラードが、いった。「それに、あの茶色にも、青にも見える、目の色。陛下《へいか》によく似ているよ」

「さらってにげた医者というのは」

ラタンは、きいた。

「焼けしぬか、おぼれしぬか、したんだろう。医者といっしょに住んでいるというから、てっきりそいつかとおもったんだが、年があわない。御典医《ごてんい》のフラックというのは、ずいぶん年よりだったらしいからな」

「では、こんどこそ、ローレルさまなのかしら」

ジーナが、いった。

「わからん」

ディラードは、いった。

「見つけたら、だれにも知られずにつれて帰るのが、おれたちの仕事。あとは、ナバレスさまのお考えしだいだ」

「はじめから、ぜんぶ、そのためだからな」

ラタンは、いった。

「旅芸人のふりも、ようやくお役ごめんかな」

マシアスは首すじをおさえながら、いった。

「ディラード」

トラットは、よわよわしい声をあげた。

ディラードは、なにも聞こえなかったように、海にむかって、いった。「生まれてすぐにさらわれ、行方知れず《ゆくえし》。とうてい生きてはいないとおもわれた、あと継《つ》ぎのお子を見つけたら、陛下《へいか》のおよろこびはいかばかりか。そう、ナバレスさまは、おっしゃった。おれたちが見つけたら、ナバレスさまの、〈壁《かべ》の国《くに》〉でのお立場は、ゆるぎないものになる」

「おねがいだ」

トラットは、いった。

「うるせえな」

ディラードは、はきすてた。「ご本人だったら、王子になる。別人だったら、島にかえしてやるさ。どっちにしたって、こいつに、なんのわるいことがある？」

「陛下《へいか》をよろこばす？　ちがったら島にかえしてやる？　あんた、ほんとうに」

　トラットは、泣きだしそうな顔で、いった。「ほんとうに、ナバレスさまが、そんなかただと、おもってるのか」

「きたぞ」

　ラタンは、いった。「予定どおりだ」

　ぽん、ぽんと、蒸気エンジンの音が、聞こえてきた。見なれない、うすずみ色にぬられた小型の船が、埠頭《ふとう》のさきに見えた。やりのようにとがった、すばやそうなかたちで、横腹に、一座の五人のぬいとりとおなじ、赤と金のしるしが入っていた。

　ふだんは、折りかさなるように、とおくの島々まで見えるけど、いまは、目のまえの船さえも、ぼんやりしている。海に直接ふる雨が、沖《おき》をひどくかすませていた。

四　〈壁《かべ》の国《くに》〉へ

わたしは、まえあしをひきずって、なんとか、診療所《しんりょうじょ》にたどりついた。ちょうど、きょうの診察《しんさつ》が終わるころ。いや、おまつり中はやすみだから、わたしがその日、たったひとりの急患《きゅうかん》ってところだ。

「カモメ、どうしたんだ」

フジ先生は、くるしそうに歩くわたしを見て、いった。

「びしょぬれじゃないの」

ネイは、いった。

そのとき、診察室《しんさつしつ》のおくのドアがひらく。リネンさんが、顔を出して、いった。

「雨がひどくなってきたから、洗濯《せんたく》もの、とりこんでたんだけど。シアンが、見あたらないみたい。どこに行ったか、知ってます？」

「カモメ、おまえ、いっしょじゃなかったのかい」

フジ先生が、診察台《しんさつだい》のうえにのせたわたしの、まえあしをしらべながら、きいた。

わたしは、かぼそい声を出した。

「どこかで、雨宿りでもしてるんじゃないか、ってさ」

フジ先生は、リネンさんに、いった。わたしは、そんなこと、いってない。

「イースが、いまさがしに行ってくれたんだけど」

といって、リネンさんは、干しものをたたみにもどった。


日がくれて、晩ごはんができても、シアンは、もどらない。そこに、かさをとじながら、イースが帰ってきた。

「見つからないんです」

イースは、玄関《げんかん》で、あしあとのかたちにひろがる雨のしみに立ったまま、けわしい顔で、いった。「気になる話がありました。公演を終えた〈野生のリス一座〉の楽屋が、もぬけのからだそうです」

「どういうこと」

ろうかで出むかえた、リネンさんは、いった。

「きょうは、客船のくる日じゃない。ラーラのどっかにいるだろう」

フジ先生は、いった。「まさかシアンがいっしょかもしれないってことかい?」

「わかりません。ですが、同時にすがたを消したことはたしかです」

イースは、いった。「それに、いつもの客船じゃない、小型の蒸気船が、島を出ていくのを見た、というひとがいるんです」

「あの旅芸人が、その船でシアンを？」

フジ先生は、いった。でもいったいどうして、と、いいかけて、飲みこんだ。

ネイは、声をあげそうになって、口もとを、手でおおった。

「あのときの、舞台《ぶたい》のせいだっていうのか」

フジ先生は、ぼうぜんと、立ちすくむ。

「もしかして、カモメのけがも、そいつらに」

リネンさんは、いった。わたしは、ろうかのすみのかごのなか。鳴こうとしたが、声が、すー、としか出ない。

「ひどい打ち身で、いくつかすり傷があるけど、さいわい、骨折はしていない」

フジ先生は、いって、そのまま、だまりこんだ。雨がつよくなって、玄関《げんかん》の戸をはたはたとたたいていた。

「イース、とりあえず、なかに入って。食堂で話しましょう」

リネンさんは、いった。

「島のひとが手わけをして、森や、がけ、丘《おか》のうえの牧場も、目ぼしいところは、さがしてくれたんです」

イースは、いった。子どもたちは、はやめに晩ごはんにして、寝室《しんしつ》にかえしたけど、おとなは、なかなか皿に手がつかなかった。キナリとヨルビンには、シアンは、フムスのうちにあそびにいって、おそくなったので泊《と》まる、といっておいた。

「リネンさん」

フジ先生は、いった。「いつか、こんなことといったの、おぼえてるかな」

「なんですか」

リネンさんは、いった。スプーンで、たらの身を、スープの底にしずめながら。

「男は、じぶんで産むことがないから、平等にみんなの親になれるんじゃないかって」

「ええ」

「ぼくは、とほうもないばかだ」

「ええ」

「どこの世界に、こんな親が、いるものか」

フジ先生は、いって、顔を両手のひらで、はげしくこすった。みじかめのひげが、じゃり道を通る荷車みたいな音を立てた。「じぶんの子どもを、危険にさらして、気づきもしない親が」

そして、うめいたかとおもうと、じぶんのあたまを、こぶしで、ごつ、ごつ、と、たたきはじめた。

「やめなさいよ」

リネンさんは、いった。「わたしだって、わるい。みんなをほうって、さきに帰ってしまったんだから」

「ふしぎなちからに、目をつけられたんだ」

フジ先生は、いった。「見せものにするつもりなんだ。あのディラードってやつ、そういえば、なんだか、はじめからあやしかった」

「ディラード？」

リネンさんが、いった。

「一座の座長だよ。そう名のってた。かっこよくて、あたまがよさそうで、芝居《しばい》がぜっぴんで」

「ほめてるわよ」

「だから、いけすかないんだ。ああやって、あちこちの島で、子どもや女性をかどわかしてるんじゃないか」

「ですが、ふに落ちないんです」

イースがいうと、だれもが、その顔を見た。「だって、そうでしょう。たかだか旅芸人の一座に、むかえの船が一艘《いっそう》くるなんて」

「そういえば」

ずっとぼんやりしていたネイが、ぽつりと口をひらいた。「夕方買い物にいったとき、八百屋のおばさんが、埠頭《ふとう》の南のほうに、見たことのない黒っぽい船がいたって。赤と金のしるしが入っていたとか」

「それって、もしかして」

リネンさんは、テーブルのうえのほうの、なにもない宙を見ていた。まるで、その船が、そこに浮《う》いているとでもいうように。それから、声をひそめて、いった。「〈壁《かべ》の国《くに》〉？」

「かもしれません」

イースは、うなずいた。

「どういうことですか」

ネイが、とつぜん、声をあげた。まげた指さきのつめが、テーブルの木目をひっかき、かりり、という、音がした。

「まえに缶詰島《かんづめじま》に〈壁《かべ》の国《くに》〉の使いがきたといったでしょう。そのときの船に似ているんです」

イースは、いった。

「どういうことなんでしょう」

もういちど、ネイは、いった。こんどは、おさえた声で。

「わかりません。が、旅芸人が座員にするためにシアンをさらったのではない。そんな気がします」

イースは、いった。床《ゆか》のかごに入ったわたしには、スプーンやフォークの音はしても、食べる音は聞こえなかった。スープやソーセージが、皿のうえで冷えていくのがわかる。

「ねえ」

リネンさんは、いった。「なやむのは、やめましょう」

「どういう意味だい。わすれよう、とでもいうのか」

フジ先生は、いった。

「まさか。はじめから、こたえは、ひとつしかないんだもの。なやむふりをしたって、しょうがないじゃない」

リネンさんは、まつげをぱちぱちさせて、いった。「追いかけるの」

「うーむ」

フジ先生は、うなった。「どうやって？」

「なんでも、きかないで」

リネンさんは、ぴしゃりといった。「すこしは、ごじぶんで考えたら？」

「先生は、こういう現実的なことを考えるの、不むきなんです」

ネイは、いった。

「あはは」

リネンさんは、おもわず、ふきだした。「ネイさん、よくいってくれたわ」

ぶぜんとするフジ先生に、舌でも出しそうな顔をしてから、リネンさんは、いった。

「イース、あなたなら、どうする？」

まるで、缶詰《かんづめ》の生産についての重大な決定をたずねるようだった。ときに経営会議にも出るというリネンさんの、仕事のときの口調なんだろう。

リネンさんは、そうきくと、スープをすすった。「これ、さめちゃっても、おいしいわ。ほんとに、缶詰《かんづめ》にむいているかも」

「緊急《きんきゅう》のときの、マゼンダ家の高速艇《こうそくてい》」

イースは、いった。「それで、追いましょう」

「どうやってここに呼ぶ？」

リネンさんは、いった。

「まずは、わたしが、缶詰島《かんづめじま》にもどります。そして、高速艇《こうそくてい》でラーラにむかえにきましょう」

イースは、いった。

「あすの客船でということ？　それをまっていると、ラーラを出発するのが、はやくてあすの夜。高速艇《こうそくてい》がくるのは、あさっての朝になってしまう」

リネンさんは、いった。「おそい」

「はい」

イースは、いった。

「さらった相手はわざわざ船の便のない日をえらんだ。すぐに追ってこられるなんておもってないはず。なるべくうらをかきたいの」

リネンさんは、いった。「どうにかして、すぐに缶詰島《かんづめじま》に行って、高速艇《こうそくてい》にのりかえましょう。それなら、あすじゅうには〈壁《かべ》の国《くに》〉につける」

「船をどうするか」

フジ先生は、いった。

「だれかに出してもらう」

「それはむずかしいぞ。秋まつりが終わって、あすから、ひさびさの漁なんだ。島じゅうの漁師が、はりきってるから、船なんて貸してくれっこない」

「その漁の一日のかせぎの、何倍ものお礼をもらえるとしても？」

リネンさんは、いった。

「なるほど」

フジ先生は、おおきく息をすった。「きみは、そういう考えかたをするひとだったね」

「きみは、お金がいちばんたいせつなんだね、って」

リネンさんは、いった。「フジくんはわたしに、いつもそういった。きみとは、考えかたがちがうって」

「ぼくは、そうおもうからね。お金は、いちばん、たいせつじゃない」

フジ先生は、いった。

「お金は、たいせつよ」

リネンさんは、はっきりと、いった。「でもね、お金がたいせつなのは、ほんとうにいちばんだいじなものを、それで守ることができるからなの」

「いい案だとおもいますよ」

イースは、片目をつむって、いった。「となったら、フジ先生。ふたりでこれから、町じゅうの漁師をくどきにいきましょう」

「ようし」

フジ先生はそういって、リネンさんを見た。「金に糸目はつけないって、いうからな」

「どうぞ」

リネンさんは、わらった。

「でも、シアンがほんとに〈壁《かべ》の国《くに》〉にいるとして、どうやってさがすんですか。大陸は、すごくひろいんでしょう」

ネイは、気をもんだようにいった。

「船に、赤と金の紋章《もんしょう》があったんだとしたら、王家の船なの」

リネンさんは、いった。「さがすところは、かぎられるはずよ。わたしに、考えがある」

「ネイ。夕食をのこしてしまって、すまないね。さきに帰って、ねむっててくれ。うまくいけば、あすは日の出まえに島を発《た》てる」

フジ先生とイースは、外とうをひっかけると、雨のなかに出ていった。

ふたりは、島じゅうのとびらをたたく気でいたけど、おもいもよらず、数軒目《すうけんめ》で話がついた。ひきうけてくれたのは、なんと、漁師のジオじいさんだったんだ。〈ちいさなやね〉は、すこしねむって、夜明けまえに、起きだした。夜ふけに、雨はやんだらしかった。

ネイは、なかでもはやくやってきて、お弁当をつくっていた。きっと、ほとんどねむれなかったんだろう。

「ネイ」

まだ暗い台所をのぞいて、フジ先生は、いった。

「あら、もうすこしねてらして、いいんじゃないですか」

ネイは、ふりかえらずに、いった。

「ひげをそろう、とおもってさ」

フジ先生は、いった。先生のひげは、かたくて、おおい。おふろで一時間くらい蒸さないと、カミソリ負けをするのだ。ふつうは、肌《はだ》が負けて荒《あ》れることをいうのだが、先生のばあいは、ほんとにカミソリが負けて、刃《は》こぼれしてしまう。「いっしょに行くかい」

「ひげをそりに？」

「ちがうよ。〈壁《かべ》の国《くに》〉に、だ」

「そりゃあ、行きたいです。でも、だれが、子どもたちのめんどうを見るんですか」

ネイは、せなかでいって、玉子をゆでていたなべを、火からおろした。

「そうか」

「シアンを、お願いします。先生はたよりないけど、リネンさんも、イースさんも、いてくれるから」

ネイは、いった。

「すまないけど、よろしくたのむ」

フジ先生は、ネイのせなかに、あたまをさげた。ネイは、気づかなかったかもしれないけど、わたしは見ていた。

あしをひきずって、ろうかを歩いていたわたしを、うしろから、イースが、だきあげた。

「おまえも、行くかい」

「やあ。おはようございます」

フジ先生は、いった。「むりだよな、カモメ。そんなけがじゃ」

わたしは、からだをふるわせて、鳴いた。行きたい。

「あいつらと、たたかったんだとしたら、名誉《めいよ》の負傷だ。かのじょも、ぼくらのなかまですよ」

イースは、フジ先生に、いってくれた。

「そうか。やつらのにおいを、おぼえているかもしれない」

フジ先生は、いった。

「いぬじゃないのよ」

ちょうど起きてきたリネンさんは、わらった。昨晩は、〈ちいさなやね〉に泊《と》まったのだ。

「おまえ、海のうえはへいきか。あとで、くやんでもおそいぞ」

フジ先生は、わたしのあたまをなでて、いった。

へいきに決まってるでしょ。だてに、カモメの子どもって、いわれてない。いいから、はやくひげをそれ。もう朝もやがわかるくらい、明るくなってきた。

さあ、出発だ。


それぞれが支度をしてるあいだ、台所に、ヨルビンが起きてきた。

「あら、まだはやいわよ。うるさかった？」

サンドイッチを紙でくるみながら、ネイは、目をそらすように、いった。

「シアン、いなくなったんだね」

ヨルビンは、親指のつめを唇《くちびる》でかむようにしながら、いった。

ネイの手が、テーブルのうえで、とまる。顔はあげずに、いった。「しばらくいないけど、すぐ帰ってくるのよ」

「ほんとに？」

ヨルビンは、いった。

「ほんとうよ。どうして、そうおもうの」

ネイは、ようやく顔をあげて、いう。

「だって」

ヨルビンは、いった。「きのう、ネイ、ないてたから」

ネイは、にっこりわらおうとして、失敗した。その目のふちは、赤くなっている。息をすってから、いった。「ごめんね。でも、だいじょうぶなのよ」

「ぼくが、いなくなっても、なく？」

ヨルビンは、いった。

「あたりまえでしょう。だから、いなくならないでね」

ネイは、いった。

ヨルビンは、うなずいた。そして、たどたどしく、こういった。

「ぼく、おかあさんって、なんか、すごいものだとおもってた。とおくにいて、ぴかぴかして、ちょっとこわいみたいな。子どもみたいに、ないたりしないって。でも、ないてるネイのことを見てたら、いまは、おかあさんって、ネイみたいなひとの、気がする。ネイ、ぼくの、おかあさんになってくれる？」

とくにいみはないけど、とは、いわなかった。

ネイは、返事をしなかった。しゃがみこんで、ヨルビンをらんぼうにつかまえ、だきよせた。

「ネイ、また、ないてる？」

ヨルビンは、くるしそうにいった。

「そう、泣いてるの。でも」

ネイは、どうしても、とぎれてしまうことばを、なんとか、胸から押《お》しだした。「きのうの、泣いてる、とは、べつの、泣いてる、なのよ」

しぶとい兵士のようなひげたちをなんとかそり落とし、フジ先生は、洗面所から出てきた。ろうかの暗がりに、キナリが立っていた。手に、まくらをつかんでいた。

「どうした。朝ごはんには、まだはやいぞ」

フジ先生は、いった。

「ぼくも、いっちゃだめ？」

キナリは、いった。

「だいじな用事だ」

フジ先生は、わらって、いった。「ピクニックとかじゃないんだ」

「シアンをさがしにいくんでしょ」

キナリは、もそもそと、いった。ふしぎだな。どうして、子どもたちはいつだって、教わってもいないことを知っているんだろう。

フジ先生は、おどろいたように、キナリを見てから、いった。「だいじょうぶさ。子どもは心配しなくていい」

「うん」

キナリは、いったけど、ろうかに立ったままだった。ぶらさげたまくらのはしを、指がにぎりしめていた。「だけど、ぼくもいきたい」

「キナリ。お家で、まってなさい」

「ぼくは、子どもだけど」

キナリは、ことばを切って、そして、きっぱりといった。「なにかできるかも。だって、ぼくは、みんなの年長なんだから」

わたしは、胸がいたくなる。まえあしのいたみをわすれるくらい。なにもわかっていなかった。いつだって、この〈ちいさなやね〉を背負おうとして、だれよりもくるしんでいたのは、キナリだったんだってことを。


〈ちいさなやね〉をあとにするとき、わたしは、リュックのすきまから海を見た。丘《おか》から見おろす、その朝の海は、もやで灰色だった。海も島も区別なく、いつもは折りかさなって見える島かげも、うっすらとしか見えない。ぽつぽつと沖《おき》に見えた船が、まるで空に浮《う》いているみたいだった。

朝日をはらんだ、白くまぶしい幕をつきぬけて、ジオじいさんの漁船は、すすんでいく。漁に出るよりは、ずっとおそい時間なので、ジオじいさんは、ねむそうでもない。ラーラの現役の漁師のなかで、いちばんの年よりというけど、めくったシャツから出た肩《かた》や腕《うで》の筋肉は、かじを切るたびに、つなひきのつなみたいに、かたく、よじれた。

「よく、おれに、たのんでくれた」

昨晩、船を出してくれるようお願いしにいったとき、ジオじいさんは、いったらしい。

「だけどな。ばかいうんじゃねえ。この島の子が、さらわれたかもしれないってのに、金なんかとれるかい」

そうして、にやりとわらって、こういったのだ。

「しかも、あの子だ。あんときの、あいつらの顔を見たかい？　シアンのやったことで、すれっからしの、余裕《よゆう》しゃくしゃくだった芸人どもが、口をあんぐりだ。こんなのは、大陸でだって見たことないってなもんだ。度肝《どぎも》をぬかれて、いまにも、ひっくりかえるんじゃないかって顔さ。ありゃあ、どんな大漁よりきぶんがよかったぜ」

蒸気で走るので、かなりはやいけど、それだけに、ゆれもきつい。ちいさな漁船は、大波にのるたびに、ぽん、ぽんと、水切りの石みたいにとんだ。

「えぐえ」

とぶたびに、フジ先生が、ふまれたうしがえるのような声を出す。

「なさけないわね。海の男でしょ」

手すりにもたれたリネンさんは、いった。

「ぼくは、うみのおとこ、だったことは、いちどもないよ」

フジ先生は、運転室の外壁《がいへき》にもたれ、ぐったりしている。

「体調によるんですよ。ねぶそくだったり、心配ごとがあると、ふだん酔《よ》わないひとでも、酔《よ》ってしまう」

イースが、かばうようにいった。甲板《かんぱん》に、腕組《うでぐ》みをして立っている。風で髪《かみ》がみだれている以外は、地上とまったくかわらない。

「あら、わたしがなにも心配してないみたいないいかた、やめてくださる?」

リネンさんは、いって、わらった。

昼まえには、缶詰島《かんづめじま》につく。そこで、マゼンダ家の高速艇《こうそくてい》にのりかえて、〈壁《かべ》の国《くに》〉をめざすのだ。わたしは、リュックからぬけだして、潮風を浴びていた。気もちがいいけど、ひげがしめってしまうのが、こまる。そうおもっていると、

「あいちち。しかも、ひげをそりたての顔に潮風がしみて、たまらん。わざわざ、そってくるんじゃなかった!」

フジ先生が、つるりとした顔で、なんとも、なさけない声をあげたので、みんなは、さらにわらった。そういえば、月曜以外に「つるつる」なんて、はじめて見たなあ。

シアンは、どうしているだろう。考えると、さけびだしたいくらいこわくなる。みんなは、きっと、そのおそろしさをはねかえすために、むりをして、明るくしていたんだね。

「ここが、缶詰島《かんづめじま》かあ」

フジ先生は、声をあげた。これから高くなる、午前の日差しをうけて、白くかがやく石組みの港が、見渡《みわた》すかぎり、横一線にのびていた。船つき場は、漁船と貨物船でおおきくわけられ、すきまもないくらい、ならんで、ゆれている。

「いつもは、魚をつんだまま、缶詰工場《かんづめこうじょう》のちかくにつけるんだがね」

ほら、あそこの、と、ジオじいさんは指さして、いった。沖《おき》からでも、銀色にひかる、ひとつながりのやねが見えた。その工場地帯を通りすぎ、入江《いりえ》の反対側にすすむと、客船のさんばしがある。漁船のわたしたちが、そちらにむかっているから、港で働くひとたちが、ふしぎそうに見ていた。

わたしたちぜんいんが、渡《わた》した板をおり、さんばしをふむと、

「シアン坊主《ぼうず》がもどったら、とれたてのさしみで、一杯《いっぱい》やろうじゃないか」

そうさけんで、ジオじいさんの船は、沖《おき》に帰っていった。「なんかあったら、いつでも、かけつけるからなあ」

「ここからだと、やねだけは、見えますが」

イースは、丘《おか》のうえを指さした。赤茶色のおやしきのやねが、つらなって、青空につきだしていた。「あちらが、マゼンダの本家です」

「わたしの、実家よ」

リネンさんは、いった。

「あそこで生まれたの？」

フジ先生は、いった。「へえ。ぼくはまた、工場のほうかとおもった」

「つまんない」

リネンさんは、いった。「その冗談《じょうだん》、いままで、千八百回くらいいわれたわ」

「せっかくの機会ですし、本来は、ご招待すべきなんですが」

イースは、冷静に、いった。

「いいえ、またにしますよ。ぼくも、すごーく、やすみたいんだけど」

フジ先生は、いった。声も、あしもとも、ふらふらしている。「まだ、ゆれてるみたい」

そうしてイースは、丘《おか》への道をかけあがっていく。

「リネンさんは」

フジ先生は、木立に消えていくそのうしろすがたを見送って、いった。「なんで、イースと結婚《けっこん》しないんだっけ」

「それも、千九百回目くらい」

腕《うで》を組んだリネンさんの、うしろの埠頭《ふとう》に、波が、ざぶん、と、たたきつけた。「もっと、かわったこといえないの？」

「シアンは、どうして、ラーラに流れついたんだろう」

フジ先生は、とつぜん、そういった。

「そのときの船は、たしか燃えつきてしまったんでしょう？　〈壁《かべ》の国《くに》〉の紋章《もんしょう》は、ついてなかった？　一艘《いっそう》だけだったの？　追っ手は？」

リネンさんは、つづけざまにきいた。

「うーん、おぼえてないなあ」

フジ先生は、あごをつるつるとなでて、いった。「追っ手がいたかはわからない。でも、すくなくとも、こうげきされたかんじじゃないね。あれはエンジンの事故だ」

「ラーラにあらわれたときは、もう燃えていたのね」

「燃えていたどころじゃない。横腹は骨が見えていて、いつくずれてもおかしくないくらいだった。風に流されるがままだ。運転士や乗組員がいたとしても、焼けしんだか、とっくに、にげだしたあとだとおもったね。シアンのいた船室に火がまわっていなかったのは奇跡《きせき》だ」

「ねえ」

リネンさんは、はっとしたようにいった。「フジくんは、どうして、火のなかにとびこんだの？」

「え？」

「もう船には、だれもいないとおもっていたのに、どうして？」

リネンさんは、いった。

「そういわれると」

フジ先生は、あごに手をあてたまま、考えこんだ。だんだんあたまがしずんでいき、からだが、ふたつに折れていく。

「それって、考えてるの？」

リネンさんは、いった。「船酔《ふなよ》いで、はきそうなんじゃないわよね」

「おもいだした」

フジ先生は、はじかれるように顔をあげた。「においだ」

「におい？」

「そうなんだよ。焦《こ》げくさいけむりのにおいのなかに、かすかに、よく知っているにおいが、まじっている気がしたんだ」

フジ先生は、いった。

「なんのにおい？」

「うーん」

フジ先生は、うなった。ますます、船酔《ふなよ》いのひとに見えた。「ここまで、出てるんだが」

「せなかを、さすりましょうか」

リネンさんは、いった。


そうしているうちに、こだいこのように軽やかな、蒸気エンジンの音が聞こえてきた。島の反対側の入江《いりえ》にある、マゼンダ家の船つき場から、高速艇《こうそくてい》をまわしてくれたのだ。丘《おか》のうえのおやしきに、かぎをとりにいってからなので、イースは、島をほとんど半周してくれたことになる。

おおきなガラス窓のついた運転室は、うしろに客席もあったが、十人ものればいっぱいだった。ジオじいさんの漁船より、ふたまわりもちいさいのに、走りだすとゆれがすくなく、フジ先生はおどろいた。

「しかも、はやい。トビウオみたいだ」

もしかしたら、海面すれすれの、空をとんでいるんじゃないかとおもうくらい、波にぶつかるかんじがしなかったんだ。

「あっというまに、〈壁《かべ》の国《くに》〉じゃないかな。もしかしたら、あいつらを追いこしちまうかも」

操舵室《そうだしつ》（船の運転室をそういうらしい）のうしろの長いすによりかかって、フジ先生は、いった。ずいぶん余裕《よゆう》ができたみたい。「それで、ついたら、どうするんだっけ。まず街じゅうをさがす？」

「ううん」

リネンさんは、いった。操舵席《そうだせき》に立つイースのわきで、窓枠《まどわく》によりかかっている。

「直接、王宮に行く」

「王宮に？　いきなり？」

フジ先生は、いった。おどろいて身を起こしたとき、船がゆれたので、バランスをうしない、長いすのうえで、ころころ転がった。

「いったかもしれないけど、紋章《もんしょう》がついているということは、国王の船なのよ。シアンは、王宮にいる」

リネンさんは、いった。

「なんだって、そんなおえらいさんがからんでくるんだ?」

フジ先生は、おどろいて、いった。

「〈壁《かべ》の国《くに》〉は、いまのレム王の代になって、もう二十年になる」

リネンさんは、ただ青く、青だけがひろがる窓際に立って、まるで、船旅の案内人のように、説明をはじめた。「最近までは、ひとつのいくさもなくて、農家も、商売人も、年々ゆたかになって、いいことばかり。問題があるとすれば、ひとつだけ。あと継《つ》ぎが、いないこと」

「もう数年まえになりますが」

イースは、船のかじをとりながら、まえを見たまま、話をひきついだ。「お妃《きさき》に、赤ちゃんができたという、うわさが流れました。まさに、待望の世継《よつ》ぎです。王妃《おうひ》も、それは国民に愛されたかたでしたから、国民の期待は、ふくらむ一方」

「おもいだした」

フジ先生は、いった。「ぼくも、聞いたおぼえがある。ラーラにきて、診療所《しんりょうじょ》が、さまになりかけて、目がまわりそうだったころ。じぶんのことで、手いっぱいだったけど、たしかに、大陸でそんなことがあった。たしか王妃《おうひ》は、お産で亡くなったんだ」

「そうです。赤ちゃんも、だめだった」

イースは、波を切る音とエンジン音に逆らうように、せなかむきのままで、声をはった。

「そのかげで、こんなうわさもあったんです。子どもは、どこかで生きている、御典医《ごてんい》にさらわれたんだ、と。じっさい、赤《あか》ん坊《ぼう》をとりあげた御典医《ごてんい》は、そのころから、行方不明《ゆくえふめい》になっているんです」

「なるほど、そういうことか」

フジ先生は、なんだかすこし、明るい声になって、いった。「シアンは、そのときさらわれた赤《あか》ん坊《ぼう》に、まちがえられたんだ」

「そう。たぶん」

リネンさんは、いった。

「ということは」

フジ先生は、じわじわと、おどろきだした。「お世継《よつ》ぎに、まちがえられたってことじゃないか」

「そうなるわ」

リネンさんは、いった。

「わは」

フジ先生は、おもわずわらいそうになって、口を手でおさえた。それから、まゆのあいだに、しわがより、じたばたしだした。「わらえない。だんだん、はらが立ってきた。野ねずみだか、野だぬき一座だか知らないが、世継《よつ》ぎといったら、王子だろ。あの、ぼうっとしたシアンっ子が、王子かどうか、見たらわかりそうなもんじゃないか」

「床《ゆか》をどんどんしないの。ゆらすとまた酔《よ》うわよ」

リネンさんは、いった。「わかった？　だから、シアンは、きっと王宮にいる」

「だとしても、どうやって王宮に入るんだ」

フジ先生は、いった。

「考えがあるわ。ナバレスを、ひっぱりだしてみせる」

「ナバレス？」

「たぶん、かげで糸をひいているの」

「まあ、でも、シアンがあと継《つ》ぎじゃないなんて、すぐわかるだろう。あっさり、かえしてくれるんじゃないかな」

フジ先生は、安心したようにいう。

「だけど、ほんものだったとしたら？」

リネンさんは、いった。

「万が一、そうでも、王子になるだけさ。わるいことじゃない」

フジ先生は、冗談《じょうだん》めかして肩《かた》をすくめた。

「もし、ほかの理由があったら？」

リネンさんは、いった。「ナバレスが、王のあと継《つ》ぎを、さがしつづけるのに」

「どういう意味だ」

フジ先生は、いった。

「王のあと継《つ》ぎに、出てこられてはこまるとしたら？　しんでいてくれたほうが、都合がいいとしたら？」

フジ先生は、つばを、飲みこんで、いった。「そんなことが」

「そんなことが、ないとは、いいきれない。こう見えても」

リネンさんは、冬の朝のしもばしらを、いっきにふみにじるような声で、いった。「わたしだって、すごく、おこっているの」

リュックから、長いすに出て、わたしは、いたむまえあしをなめていた。埠頭《ふとう》での、トラットのいたいたしい顔をおもいだし、せなかの毛が、かってに逆立った。

ガラス窓のむこうの、舳先《へさき》のかなたに、絵の具を太いはけで横にひいたような、にじみが見える。

茶色と、みどりの、にじみ。それが大陸だと、しだいにわかってくる。波がみだれて、高速艇《こうそくてい》のはねかたが、不規則になる。

へびがおよぐように、海の潮目が見えて、海流がまじわっているとわかる。小窓をあけると、潮のにおいに折りたたまれた、土や草のかおりが、鼻のおくで、手紙のようにひらく。

「〈壁《かべ》の国《くに》〉です」

イースがいった。

「ふだんはラーラから半日かかるのに。それが、缶詰島《かんづめじま》から、たった二時間だ」

フジ先生は、いった。「たいしたもんだ。まだお昼をまわったくらいだろ」

「いけない」

リネンさんは、いった。「ネイさんのお弁当食べてない」

「いいさ。ぜんぶ終わってから、シアンといっしょに食べよう」

フジ先生は、わらっていった。

船は、入江《いりえ》のおくにどんどん入っていく。たくさんの船を横目にすすむと、とおくに見えていた、なまり色の城壁《じょうへき》が、港にせりだしてくる。いちばんおくまった場所では、城壁《じょうへき》が、海すれすれまできていた。そこが、おそらく〈壁《かべ》の国《くに》〉の王宮につながる港だった。

しっかり整備されて見える、うすずみ色の軍艦《ぐんかん》が、大小ならんでいた。たくさんの、つむったまぶたのように、ほっそりと、しずかに浮《う》かんでいる。

「つきました」

エンジンを切って、イースは、いった。港を守る衛兵がふたり、船にちかづいてきた。腰《こし》に剣《けん》をさしている。胸のあたりの赤と金のしるしが、わたしが見た一座の船とおなじだった。

「リネンさんは、船にのこってください」

「いやよ」

リネンさんは、ことばを聞きおわるまえに、いった。まるで、予想していたみたい。

「なにがあるか、わからないんです。手荒《てあら》なことを、されてはいけない。それに、船は、からっぽにせず、だれかいたほうがいい」

イースは、いった。

「それなら、あなたがのこったら」

リネンさんは、いった。「操縦ができるから。なにかあったら、あなただけ脱出《だっしゅつ》して、助けを求めるといい」

「しかし、おじょうさん」

イースは、いう。

「これは、命令よ」

リネンさんは、いった。

イースは、目をつむり、ひとつ深呼吸をした。「わかりました」

「へいきよ。フジ先生がいるから」

リネンさんは、いった。「ねえ、先生」

「まあ、それじゃ、あいだをとって」

フジ先生は、いった。「ぼくが、のこりましょうか」

「フジくん」

リネンさんは、ぴしりと、いった。

「冗談《じょうだん》だよ」

フジ先生は、いった。

にゃー、と、わたしも、抗議《こうぎ》した。

「カモメも、あきれてるわよ。あなたが行かないでどうするの」

リネンさんは、いうと、ふたたびわたしがもぐりこんだリュックをフジ先生に手渡《てわた》す。

先生がしっかり背負うのを見て、リネンさんは、いった。

「ほんとは、こわくなった？」

「こわいさ」

フジ先生は、いった。「あしが、ふるえそうだ」

「だいじょうぶ。いきなり、斬《き》りかかられたりはしないわ」

リネンさんは、いった。

「そんなことは、いいんだ。なるように、なる。ぼくが、ほんとにこわいのは、ぼくらが、さらわれたとおもってるだけで」

フジ先生は、操舵室《そうだしつ》のドアをあけ、深く息をすった。「シアンが、帰りたくなんてなかったらどうしよう、ってことなんだ」

おなじ潮風なのに、ふしぎ。たしかに、知らない国の、においがした。

ぴょんと、とびこえてもいいくらい、みじかいタラップをふたりがおりていくと、衛兵が立ちはだかる。トラットほどの巨漢《きょかん》ではないが、ちかくで見ると、フジ先生より、あたまひとつ、背が高い。

「お名前を」

「リネン・マゼンダ」

リネンさんは、しずかにいった。「ナバレス閣下《かっか》に、お伝えくださいますか。マゼンダ家がきたと」

なまり色の壁《かべ》のまえで、ふたりの衛兵は、かかとをそろえ、敬礼をした。

鉄のとびらがあけはなたれた、おおきな門のなかへ、衛兵のひとりが、かけあしで、消えていった。またされはしたけど、衛兵がもどると、わたしたちは、拍子《ひょうし》ぬけするほど、あっさり通された。陸のかなたから港まで、切れ目なくつながるながい壁《かべ》に、ぽっかりひらいた門のなかへ、ひとりの衛兵にしたがって歩きだした。

「マゼンダ家って、すごいんだねえ」

フジ先生は、口をあけて、いった。両腕《りょううで》でもまわしきれない、そびえ立つ柱。それを見あげると、はるかうえのほうで、なめらかな丸天井《まるてんじょう》にとけこんでいた。つばめが、舞《ま》いあがるときくらいの高さはある。

「王宮に、こんなにかんたんに入れるなんて」

「これ、まだ王宮じゃないわよ」

リネンさんは、わらって、まえをすすむ衛兵に声をかけた。「ねえ?」

「宮殿《きゅうでん》にむかう回廊《かいろう》です」

まえをすすむ衛兵が、ふりかえらずに、いった。

「回廊《かいろう》？　ろうかってこと？　はあー」

　フジ先生は、つるくさのもようが彫《ほ》りこんである天井《てんじょう》を、ますます口をあけて見あげたので、リュックのなかのわたしは、フジ先生がひっくりかえるんじゃないかと、ひやひやした。

「〈壁《かべ》の国《くに》〉の王宮は、はじめてなの」

　リネンさんは、衛兵の横にまわった。「わくわくするわ」

「われらの誇《ほこ》りです」

　衛兵は、まえをむいたまま、こたえた。

「ナバレスさまも、はじめて。どんなかた？」

「偉大《いだい》なおかたです」

　衛兵は、いった。制服と制帽《せいぼう》でわからなかったけど、話すとまだ子どものような若者だった。

「〈壁《かべ》の国《くに》〉は、すてきなひとがおおいわ。まえにお会いした、かっこよくて、長い黒髪《くろかみ》の、あの役者みたいな、えーと、ディラックさん？」

「ディラードさまですか」

「あっ、そうそう」

リネンさんの軽やかな声が、回廊《かいろう》にひびいた。

「三番隊の隊長殿《たいちょうどの》です」

衛兵の声が、はじめて、うれしそうにはずんだ。「われら兵士のあこがれであります」

「そういえば、港でも、衛兵に、なにかいってたね」

フジ先生は、きいた。

「伝えてもらったの。取り引きの用意がありますって」

リネンさんは、こんどは衛兵に聞こえないよう、声をしぼった。すこしの音でも、回廊《かいろう》には、ひびく。まるでないしょ話ができないように、設計されているみたいだ。

「取り引き?」

フジ先生も、小声でかえす。

「ええ。まえに話したでしょ。缶詰工場《かんづめこうじょう》のこと」

リネンさんは、正面を見て歩きながら、フジ先生にささやく。「〈壁《かべ》の国《くに》〉が、ほしがっているって」

「まさか、きみ」

フジ先生は、胸をつかれたように、いった。「工場と、シアンを、交換《こうかん》しようとしてるんじゃないよな」

「しっ」

リネンさんは、いった。「まだわからないけど」

こつこつという靴音《くつおと》が、まるで、じぶんたちの鼓動《こどう》みたいにひびく。ふたりの声は、どんどんちいさくなった。

「気もちはありがたいが」

フジ先生は、いった。「よくないよ。ナバレスという男は、マゼンダ家の技術を悪用しようとしているんだろう？　もし、そのせいで、戦争にでもつかわれてしまったら、シアンがかなしむよ」

「だいじょうぶ」

リネンさんは、いった。「フジくんは、わからなくていい。取り引きや交渉《こうしょう》ごとは、マゼンダ家のお家芸よ。そうやってうちの一族は成長してきた。だから、かなしいけど、ナバレスのようなやつの考えが想像つくの」

「ふうん」

「なにが有利か、なにが得策かを、いつも考えてしまう。ずるくて、打算的で、すなおじゃないの」

リネンさんは、わらって、いった。

「でも、きみは、いつも、かんじたように、信じようとする」

フジ先生は、いった。「その、じぶんの信じたことを守ろうとするから、だれよりも、考えてしまうだけなんだ。それは、すなおともいうよ」

リネンさんは、だまった。わたしは、その横顔が、いまにも泣きだしてしまいそうに見えた。でも、そうではなくて、くすっとわらった。「ばかね。たまに、いいこと、いわないで」

「たまにって」

フジ先生は、いった。

「交渉《こうしょう》は、わたしの役わり」

リネンさんは、ひそめた声で、ぴしりといった。「フジくんは、よけいなことといわないで」


ながい回廊《かいろう》のむこうは、きょだいな鉄とびらが、あけはなされていた。まぶしいくらいの白いひかり。でも、目がなれると、緑色のガラスをくだいて、空からばらまいたようなかがやきだとわかる。わたしたちは、そのひかりのなかに出ていった。

背よりはるかに高い、あまつぶのかたちをした樹や、刈《か》りこまれた植えこみが、回廊《かいろう》からのびる白い石だたみの道をふちどっていた。あたりがかがやいていたのは、庭園のまんなかに、青空高く打ちあがる噴水《ふんすい》があって、ひとつひとつのしぶきが樹々のすがたをとじこめ、うすぎぬのカーテンみたいに、海風に流されていくからだった。

道のむこうには、王宮。いくつものアーチが組みあわされたような、白い石づくりの建物で、青空を背景に、まるで時間のそとにあるかのように建っていた。

「こんなにりっぱなのに、絵みたいにきれいだから、したから、ぺろんとめくれそうな気がするなあ」

フジ先生は立ちどまり、王宮を見あげて、のんきにいった。

衛兵が、せかすようにふりかえった。フジ先生は、あわててかけだし、リュックからのぞいていたわたしは、ゆれる。

窓が三列あったので、きっと三階建て。二階の窓が縦長だから、天井《てんじょう》の高い広間でもあるのかな。王宮は、つばさのように、左右に棟《むね》がつらなっている。その正面の、柱にはさまれたおおきな入り口をくぐった。

金色にふちどられた、細い鉄の手すりにつかまりながら、リネンさんのあとについて、フジ先生は、こわごわ階段をのぼる。

階段にも、ろうかにも、何点もの肖像画《しょうぞうが》がかけられていた。

「これが、レム王。いまの国王さまね」

銀ねず色のマントをはおり、せいかんなあごひげをたくわえた絵をさして、リネンさんはいった。たくましく描《えが》かれているが、かんむりのしたの考えぶかそうなまなざしは、けっして強靭《きょうじん》ではない、繊細《せんさい》なこころをかんじさせた。

「となりが、王妃《おうひ》さまね。お産のときに亡くなられたという」

絵のなかの女性は、少女のように若く、肖像画《しょうぞうが》ではめずらしいくらい、にこやかに、ほほえんでいた。しずくがたの宝石をまるくつないだ、うつくしいティアラが、ひたいのうえにかがやいている。気もちがのった画家の筆が、かすらせるように走ったのだろう。うす暗い階段なのに、その絵には、どこか天上から、ひかりがさしかけているように見えたんだ。

「ここが、謁見室《えっけんしつ》である」

といって、衛兵はひっこんだ。おおきなとびらが内側へひらくと、ふたりが息をのむのがわかった。

高い天井《てんじょう》に、まるで雪の結晶《けっしょう》でつくったようなシャンデリアが、いくつもさがっている。ラーラのお堂がまるごと入りそうなひろさに、赤いじゅうたんがまっすぐのびていた。

そのさきには玉座があって、赤と金のいすに、だれかがすわっていた。おなじ部屋のなかなのに、とおすぎて、顔がはっきりしないけど、その座につけるひとは、ひとりしかいない。

「まさか。王が、いる?」

フジ先生は、ちいさくうなった。

「そうみたいね」

リネンさんは、唇《くちびる》をうごかさずにいった。「計算どおりよ」


「すすまれよ」

ごろり、と石臼《いしうす》をまわすような、声がした。その男は、玉座の左手に、窓を背にして立っていた。男にはちがいないが、まっ黒いながい髪《かみ》と、なま白い顔は、美女といっても通るだろう。わきには、ほかよりひとまわりおおがらな衛兵が、用心棒のようによりそっていた。

「わたしが、ナバレスだ」

それは、なんども話に出ていた、執政官《しっせいかん》の名前だった。うつくしい顔と、戦場でつぶしたのだろう、しゃがれた声がそぐわなくて、落ちつかない。「まずは陛下《へいか》のおんまえへ」

広間の壁《かべ》にそって、まるでならんだろうそくの台のように、何人もの衛兵がひかえるまえを、リネンさんはどんどんすすみ、追いかけてきたフジ先生といっしょに、玉座にむかってひざまずいた。

「陛下《へいか》、お目にかかれて、まことに光栄です。リネン・マゼンダ、と申します」

リネンさんは、いった。

「その友人のフジです。ラーラ島で、医者をやっております」

フジ先生は、いった。わたしはまよったけど、リュックにおさまったまま、自己紹介《じこしょうかい》はしなかった。

「とおいところ、よくぞ、きた」

〈壁《かべ》の国《くに》〉の王は、いった。

ああ、ろうかの肖像画《しょうぞうが》のひとだ、と、わたしは、おもった。

でも、おなじレム王なのに、ずいぶんちがって見えた。絵にあった繊細《せんさい》さは、やさしさ

ではなく、いまや神経質さに見えた。まだ老人じゃないのに、目は落ちくぼみ、ほおからあごのひげがなければ、もっとやつれて見えただろう。そのひげも、つやがなく、白いものがまじっていた。その声は威厳《いげん》にみち、海のような広間を、波立たせるように行きわたったけど、青い海原ではなく、まっ黒な夜の波をおもわせた。

わたしには、そこにいるのは、にんげんではなく、いすのかたちにぽっかり空いた、暗い穴のようにおもえた。それは、ひとのことばでいう、ぜつぼう、だ。

「リネン・マゼンダと、フジ医師、とのこと。このたびは、とつぜんの訪問。いかが、いたした」

ナバレス公は、新月で消えるまえの三日月のような、うすいほほえみを唇《くちびる》にひっかけたまま、いった。知らないふりをしてるけど、工場の件だってわかってるね。そうじゃなきゃ、わざわざ、王さまを呼ばないだろう。

「本日は、ひとつ、お願いがあって、参上いたしました」

リネンさんは、ナバレスにではなく、王に、いった。

「ほう。願いとは」

レム王は、いった。リネンさんにこたえたというより、ほら穴にひびいて、ただかえってきたかんじだ。

「たずねびとです」

リネンさんは、いった。「子どもなのですが」

「ほう。たずねびととな。子どもとな」

レム王は、いった。

「いや。まて」

ナバレスは、細い目をさらに細くして、わって入った。「なんの話かな。いったい。それは」

「ですから、たずねびとですが」

リネンさんは、いった。

「そんな話をするために、陛下《へいか》にお出ましいただいたというのか」

ナバレスは、いった。上着のあわせをふちどった赤と金のかざりが、耳ざわりな音で鳴った。人形じみた顔に、どすのきいた声が、吹《ふ》き替《か》えみたいにおもえる。

「失礼いたしました。まさか、国王さまにお出ましいただけるとはおもいもしなかったもので」

リネンさんは、すずしげにいう。

「まあ、いい」

ナバレスは、王のほうを、ちらとうかがって、ふたたび、三日月のほほえみにもどった。

「はやく申せ」

わたしは、リネンさんのたくらみに、おもいいたった。マゼンダ家が取り引きの用意があるといえば、工場の件とおもう。ナバレスは、手がらを見せたいために、国王を呼ぶだろう。ナバレスだけなら、シアンの話は、うやむやにされるかもしれないけど、王がいたら、ごまかしにくくなる。

「フジ医師は、診療所《しんりょうじょ》とともに孤児院《こじいん》もやっています。わたしも、そこで働いております」

リネンさんは、かしこまって、いった。

「マゼンダ家の長女が、孤児院《こじいん》で?」

ナバレスは、いう。「いや、まあいい。つづけてよし」

「その子が、きのう、行方知《ゆくえし》れずになりました」

リネンさんは、いった。「さらわれたのです」

「ふむ」

レム王が、いった。ビロードのいすに、マントのこすれる音がした。わずかに身をのりだしたように見えた。

「ちょっとまて」

ナバレスは、ようやく、なにか勘《かん》づいて、いった。なるほどなあ。わたしはおもった。ナバレスは、きっとまだシアンのこと、知らないんだ。リネンさんが高速艇《こうそくてい》にこだわったのは、一座の報告があがるまえに、先手を打つためだったんだね。

「さらったものたちは、船でにげました。その船に、〈壁《かべ》の国《くに》〉のしるしが入っていたのです」

リネンさんは、いいきった。

「おまえらは」

ナバレスののどが、焦《あせ》ったように、うなった。「この場で、なにをいっているのか、わかっているのだろうな」

その声に応じるように、えものを襲《おそ》うまえの、けもののけはいがした。わたしの耳はかってにたれ、しっぽはあしのあいだに巻かれた。広間が、急にせまくかんじた。なんとか首をのばし、フジ先生の肩口《かたぐち》から、うかがう。

それは、ナバレスによりそった衛兵、たったひとりのけはいだった。紺色《こんいろ》のマントのしたで、腰《こし》の剣《けん》に手をそえ、音もなくにじりだしていた。ひさしのとがった銀色のかぶとをつけ、目もとが見えないけど、からだつきも、殺気も、ふつうじゃない。この広間の衛兵ぜんいんでも、勝ち目がなさそう。きっと、執政官《しっせいかん》の片腕《かたうで》、〈壁《かべ》の国《くに》〉いちばんの手だれといったとこじゃないか。

「ナバレス」

そのとき、玉座のおくから、声がひびいた。

「はっ」

ナバレスは、いった。

「なぜ、島の子をさらった船に、わが国の紋章《もんしょう》が入っておるのだ」

「それは」

ナバレスは、いった。「こっちが、ききたいぐらいですな。なんのつもりか知らぬがこのような無礼。返答しだいでは、ただではおかぬ」

やっぱり、そうなんだ。わたしは、おもった。ナバレスは、子どもの行方《ゆくえ》を追っていることを、王にはかくしている。こっそり手がらをあげるためか。それともやっぱり……。

わたしは、リュックからはんぶんはいでて、フジ先生の肩《かた》に、まえあしをかけた。いつでも、たたかえるしせいだ。

「まさか。〈壁《かべ》の国《くに》〉を、疑うなんて」

リネンさんは、にっこり、ほほえんで、いった。「ただ、手がかりが、それよりございませんので、こうしてお願いしにまいったのです。子どもをさがす親は、どんな棒くいにでも、大船のようにつかまるものです」

「子どもとはいうが」

レム王は、いった。おそろしく、つかれたような声だった。「実の子ではないのだろう」

「そうなんです。ですから、なおさらくるしいんです」

フジ先生が、とつぜん、話しだした。しかも、王に。リネンさんは、目をまるくした。

「その子になにかあったって、どこかにいるはずのほんとうの親は、なんにもしてやれないんですからね。その気もちをおもったら、もう」

フジ先生は、もうたまらんとばかりに語りだした。

「ふむ」

レム王は、いった。「そういうものかもしれぬ」

「シアンは、っていうのはそいつの名前ですが、とてもいいやつで」

フジ先生は、いった。「そのぶん、肩身《かたみ》のせまいおもいをさせてた。まだ四つなのに、じぶんが実の子じゃないって、気をつかうようなやつなんです。だから、うちの子だって、いってやりたい。ずっと、うちにいていいんだって。そのおもいで、さがしにまいりました」

「フジくん」

小声で、リネンさんは押《お》しとどめた。

「ナバレス」

レム王は、いった。それは、かつて、何万里も走った船のように、さびつき、くずれそうな声だった。「さがしては、やれぬのか」

わたしは、びっくりした。フジ先生は、結果的に、王のこころをうごかしたみたい。

「むずかしいでしょうな」

ナバレスは、鼻でわらうように、こたえた。ながい髪《かみ》が、はらりとたれ、そのすきまから、さぐるように、こちらを見ていた。「紋章《もんしょう》があったといっても、〈壁《かべ》の国《くに》〉をかたった、にせものの船でしょう。もし、ほんとうに子どもが〈壁《かべ》の国《くに》〉にいるとしても、どこをどうさがしていいやら」

「そのことですが」

リネンさんは、いった。「見つけていただけたら、お礼に、というわけではございませんけど、以前よりナバレスさまがご所望《しょもう》でした、わたしどもの工場をひとつ、おゆずりするというのは、いかがでしょう」

「ほう」

ナバレスは、すずしげな細目をはじめてまるくして、いった。ちゃんと、黒目があるんだ、と、わたしは、おもった。

ナバレスは、うしろに手を組み、ちいさく輪をかいて、歩きまわりはじめた。そして、むきなおったときには、氷のような目にもどっていた。「たしか、これまでマゼンダ家には、なんどとなく申し入れしてきた。そのたび、どんな大金をつまれようとも、おことわりだと、門前払い《もんぜんばら》いをされたそうだが」

「もちろん、おことわりです」

リネンさんは、いった。「お金とひきかえなら」

「なるほど。子どもとなら、というわけか」

ナバレスの指が、ひらひらと、うごいた。「見あげた親心だ。総力をあげて、さがそう」

「感謝いたします」

フジ先生は、床《ゆか》にべったり両手をついた。わたしは転がりおちそうになって、えりもとに、しがみついた。先生は、あたまをさげたまま、小声でいう。「いいのか。ほんとに工場を渡《わた》すことになっちまうぞ」

「しいっ」

リネンさんも、深々とあたまをさげて、ささやく。「それはどっちでもいいの。王のまえでここまでいったら、もしシアンがほんものとわかっても、すぐにはどうこうできなくなる」

「なるほど。ひきのばしってわけか」

「これはただのめくらまし」

リネンさんは、みじかく息をすった。「これからよ。見てて。シアンをひっぱりだしてやる」

「どうされたかな」

ナバレスは、上きげんな声を出す。「マゼンダ家ともあろうものが、いまさら工場がおしいなどというまいな」

「いいえ。二言《にごん》はございませんわ」

リネンさんは、顔をあげた。「執政官《しっせいかん》さまこそ？」

「むろんだ。とはいっても、たいへんな捜索《そうさく》になるだろう。街にとうりゅうし、数日まつがよい。大船にのったつもりでいてよいぞ。この際だ。〈壁《かべ》の国《くに》〉をかたり、悪事をはたらくやからも、一掃《いっそう》してくれよう」

ナバレスは、満足げな三日月わらいを、浮《う》かべた。

そのときだった。リネンさんが、満を持して、矢をはなったのは。

「ああ、そういえば、もうひとつ」

ひときわ通る声で、いった。「手がかりになるか、わかりませんが、シアンをさらった男のひとりは、ディラードと名のっていたとか」

広間が、しん、と、なった。

ナバレスの笑顔が凍《こお》りつく。ねこだけには聞こえたけど、声に出さず、あのばかが、と、いった。

「はて」

玉座の、暗い深みから声がした。「三番隊のディラードか」

「さあ」

ナバレスは、その場でくるりと背をむけながら、いった。「そんなものが、いたような、いないような」

「おぬしの直属であろう」

レム王は、いった。暗やみのような目に、疑いのちいさな火花が散った気がした。

「ディラードなんて名前は、どこにでもあります。よもぎの葉っぱみたいなもんで」

ナバレスは、鼻でわらおうとした。

「たしか、ながい黒髪《くろかみ》で」

と、リネンさん。「旅芸人の役者にでもいそうな……」

「だまれ」

「ここにひきだして、きくのが、はやかろう」

レム王は、ひどくしずかにいった。質問のようだったけど、それは、明らかに、命令だった。鳥がとぶことでは負けないように、魚《うお》がおよぐことではおとらないように、王ってのは、命令をするいきものなんだね。ナバレスでさえ、ぐっと、つまってしまった。

「三番隊隊長、ディラードを呼べ」

ナバレスは、入り口の衛兵にむかって、大声を出した。


帰ってきたばっかかで、なんだってんだ、いったい、という声が、かすかにろうかにひびき、広間のとびらがあいた。衛兵にしたがって入ってきたのは、まぎれもない、あの男。役者のほほえみは、軍の制服にしまっていたが、ディラードにちがいない。

リネンさんには会っていない。けど、フジ先生やわたしを見ると、顔色がかわった。なにが起こったのか信じられないように、ぼうぜんとしている。あんな田舎の島のやつらに、先まわりされて、手を打たれるなんて、想像もしなかったたって顔だ。

「ディラード」

わたしたちから、すこしはなれて、ひざまずいた部下に、ナバレスは、つめたく、いった。「どうも、わたしに恥《はじ》をかかせてくれたようだな」

「は？」

といって、ディラードは、あわてて頭をさげる。

「ラーラなる島の子どもをさらったというのは、真実か」

ナバレスは、いった。

「それは」

ディラードは顔をあげた。ナバレスを見る、その目は見ひらかれ、唇《くちびる》はかすかにわなないていた。ありえないことばを聞いた、というように。そして、じぶんが、切り捨てられたことを悟《さと》ったんだろう、肩《かた》を落とし、うつむいて、いった。

「申し訳ございませぬ」

「なにゆえに、そのようなまねをしたのかは、問わぬ」

ナバレスは、いった。

「はっ」

「おまえがさらったのは、マゼンダ家ゆかりの子だ。〈壁《かべ》の国《くに》〉とマゼンダ家との関係を傷つけたのだ。ディラード」

「はっ」

「おまえも、わたしが将軍のころからの部下だ。わかっておるだろう。ナバレス隊の掟《おきて》を、いうてみよ」

「はっ」

ディラードは、いった。その声は、のどから出るのをいやがるように、ひしゃげた。

「失敗は、血であがなえ」

「そう。敵の血でないなら、おのれの血で、だ」

ナバレスは、いった。「グラーズ」

そう呼ばれたのは、あのかぶとの兵士だった。柱のかげのなかで紺《こん》のマントがうごくと、蛇《へび》のようにながい太刀《たち》が、ぞろりと、あらわれた。

「まってください」

フジ先生が、さけぶのと、

「まてい」

と、王がさけぶのが、同時だった。

「ディラード」

王は、いった。「なにゆえ、子どもなどさらったのだ」

「かまわん、やれ」

ナバレスは、小声で命じた。

「陛下《へいか》！」

その命令は、フジ先生の大声にかき消された。リネンさんがそでをひっぱっても、気にとめなかった。このままディラードが口封《くちふう》じされるとおもったら、がまんできなかったんだろうね。

「その子は、シアンと申しまして、四年ばかりまえにラーラに漂着《ひょうちゃく》した、どこの生まれともわからない、みなしごでございます。わたしが、おもいますに、そのディラードは、行《ゆく》方知《えし》れずの、陛下《へいか》のお子をさがしにきて、シアンを見つけたのではないでしょうか」

「無礼者が」

ナバレスは一喝《いっかつ》した。「だまれ。口をつつしめ。そのことは、町医者のおまえごときが、ふれてよいことではない」

「ばかな。ローレルは」

静まった広間に、王のうつろな声がした。「わが子は、しんだのだ」

口をきくものは、いなかった。

雨が、最後は低い場所へたどりつくように、王のかなしみが、わたしのあしもとまで、ひたひたとよせてきた。

その沈黙《ちんもく》をやぶったのも、王だった。

「だれもが、知っていることだ。わしはしにもの狂《ぐる》いでさがした。なりふりかまわずだ。あの子が世継《よつ》ぎだからではない。王妃《おうひ》がしんだあと、あの子が、わしのすべてであったからだ。ノルツの海ばかりではない。大陸もさがした。一年後、ひどく焼けこげた船の外板が、〈壁《かべ》の国《くに》〉のはずれに流れついた。それは、御典医《ごてんい》のフラックが、ローレルをつれさった船のものに相違《そうい》なかった」

「そのとおりです」

ナバレスは、いった。「王妃《おうひ》をお産でしなせてしまったフラックは、おのれの身のかわいさに錯乱《さくらん》し、赤子をともなって逃亡《とうぼう》した。その船の残骸《ざんがい》でありました」

「わが子は、しんだのだ。いや、わしだったのかもしれぬ」

レム王は、もはやだれにともなく、つぶやいた。「妃《きさき》がしんだときに、このわしも、もうしんでいたのかもしれぬ」

「お気のどくな陛下《へいか》」

ナバレスは、いった。

「ですが、王には、この〈壁《かべ》の国《くに》〉がございます。わが国を、最強、最大の国にすることが、陛下《へいか》にならできる。そのためなら、わたしは、どんな犠牲《ぎせい》もおしまぬ。ディラードよ。王子が生きているなどのよまいごとで、陛下《へいか》のおこころをみだすは、まさに国のかたきぞ」

ナバレスは、こぶしを胸につきあてて、ろうろうといった。「おまえを斬《き》るのはつらいのだ。さあ、決意がにぶるまえに、グラーズ、さっさとやってしまってくれ」

ひざまずいたまま、もはやなにも発しないディラードに、グラーズは無造作に歩みよった。銀色のかぶとが、かちゃりと鳴った。

「まって」

リネンさんが、さけんだ。

「ええい。こんどはなんだ」

ナバレスは、じたばたと、吠《ほ》えた。

「ここにシアンをつれてきてください。見たら、はっきりするでしょう。その子に、すこしでも陛下《へいか》のおもかげがあるのか。ディラードが、おもわずつれさってしまうほどかもしれないわ」

「そんなことは、どうだっていい!」

「ナバレス。ひかえろ」

あごひげがゆれ、王は、はっきりとした声で、ディラードに命じた。「その子を、つれてくるがよい」

ディラードは、腰《こし》のまわりと手首になわを打たれ、衛兵四人にかためられて、広間を出

ていった。そして、もどってきたときには、トラットとジーナがいっしょだった。

そのまんなかに、シアンは、いた。

「シアン」

リネンさんとフジ先生は、おもわず、さけんだ。

シアンは、目をまるくした。そして、口をむすんでから、ぱっとひらいた。「きてくれた」

「けがは、ないか」

フジ先生は、いった。リュックには、包帯や、薬や、なんだかわからないお医者の道具が、ぎっしり、つめこんであった。わたしは、それをふみ台にして、リュックを出入りしていたのだ。

「あ、カモメ」

シアンは、わたしを見つけて、さけんだ。「よかった。しんぱいしてた」

「シアンとやら」

王は、いった。「もうすこし、そばへ」

シアンは、ふしぎそうに玉座のほうを見ていたが、じゅうたんのうえを、一歩、二歩と、すすんだ。

「ふうむ」

王は、身をのりだすように、ちいさいシアンを、とっくりと、のぞきこんだ。「たしかに、青から、茶色にうつろう瞳《ひとみ》は、わが血筋にあらわれるものだ。髪《かみ》の色は、妃《きさき》に、似ている」

シアンは、きょとんと見あげている。

「だが、もしや、この子がローレルでも、どうしてそれをたしかめよう。ひと目も会うこともなく、病室からさらわれたものを」

「陛下《へいか》」

ナバレスは、やさしくいった。「おやめください。かなしみが、深くなるだけです。ローレル王子は、もういないのです。にっくきフラックのせいで」

「うむ」

王は、いうと、そのまま床《ゆか》に落ちそうな重い吐息《といき》をついて、玉座にすわりなおした。

「なんだろう」

フジ先生は、ぼそりといった。そうして、広間の空中を見つめた。「なにか、ひっかかる」

「なに?」

リネンさんは、ささやいた。

「あ」

フジ先生は、ちいさく、さけんだ。「そうだったのか。リネンさん、まえに、どうして
ぼくが燃えおちる船にとびこんだのか、きいたね」

「ええ」

リネンさんは、いった。「それが、いま、関係あるの?」

「おもいだしたんだ」

フジ先生は、いった。王も、ナバレスも、いぶかしそうな目をむけている。

「まっ暗な夜の海に、まっ黒なけむりがあがって、燃料と船体がぶすぶす燃える、ひどいにおいが立ちこめていた。もう、乗組員はみんなにげたか、もしくは、炎《ほのお》にまかれて、しんでしまったにちがいない。でも、そのけむりにまじって、かすかに、よく知っているにおいがしたんだよ」

フジ先生の声は、いまや、広間にいるみなに、うったえかけるようだった。

「消毒液と、薬品のにおい、だった。きっと、大量につんでいたとおもう。だから、ぼく

は、船のなかに、にげおくれた病人や、けが人がいるかもしれないとおもった。それで、船にとびこんだんです」

王は、たずねた。

「この子は、そうして流れつき、助けられたのか」

フジ先生は、いった。

「はい」

「御典医《ごてんい》のフラックは、大量の医療道具《いりょうどうぐ》や、薬をもちだしていたと聞いている」

なわを打たれ、亡霊《ぼうれい》のように立っていた、ディラードが、口をひらいた。

「なにか、いったか。ディラード」

ナバレスは、いった。なま白い顔が、すこし赤くなっていた。

「見てください」

フジ先生は、ぱんぱんにふくらんだおおきなリュックを、せなかからおろした。わたしは、あたまをひっこめた。「ここにくるとき、シアンになにかあったらいけない、そうおもって、診療所《しんりょうじょ》にあるものを、なんでも、かんでも、いっさい、がっさい、つめこんできました。ほとんど、つかわないかもしれないのに。ばかみたいでしょ。でも、それが、医者ってもんなんです」

そういって、うつむいた。

「もしも、船にのっていたのが、その医者だったとしたら、王のお子を意味もなくさらったとおもえない。きっと、なにかからすくおうとしたんだ」

「なあ、シアン」

ディラードは、かすれた声で、ささやいた。まるで〈野生のリス一座〉の座長にもどったように。「どうだい。いっちょう、じぶんのこと、おもいだしてみたら」

「ん」

シアンは、あたりで起こっていることが、よくわからないというように、目をぱちぱちする。

「陛下《へいか》。こいつには、ふしぎなちからがございます」

ディラードは、ちからのない声をふりしぼって、いった。「だれかに、むかしのことを、おもいださせることができるんです。それも、母親のおなかに、いるときのことを」

「いいかげんにせんか」

ナバレスは、つばでも、はきそうにした。「いのち乞《ご》いにしても見ぐるしいわ。陛下《へいか》のおんまえで、わけのわからぬでたらめを」

「申し訳ございません。将軍」

ディラードの声は、くるしげだった。なわでくくられた両手をあわせるようにし、ナバレスをむかしの呼び名で呼んだ。「おれのいのちは、戦場で、いくども、あなたにひろっていただいたものです。とうに、あなたに、ささげております。いまさら、首をはねられたって、惜《お》しくもない。ただ、せめて、最後に知りたいんです。じぶんがやったことが、ほんとはなんだったのか」

「にいちゃん」

シアンは、ディラードを見て、ぽつりといった。それから王を見て、フジ先生をふりかえった。「やってみても、いい？」

「シアン」

リネンさんは、いった。「じぶんに、ためしてみたことなんて、ないんでしょう」

「うん」

シアンは、いった。

「こわくないの？」

リネンさんは、いった。

「こわいかも」

シアンは、いった。

フジ先生は、その目を、じっと、見た。先生も、まよっているようだった。そうして、いった。「やってごらん」

「ほんとうに？」

シアンは、いった。顔色は、あまりかわらない。でも、だれかの役に立ちたいという気もちと、おそろしさとが、たたかっているように、わたしには、おもえた。

「ああ」

フジ先生は、いった。「なにがあっても、だいじょうぶ。ぼくが、ついている」

シアンは、うなずいて、ちょこんと、床《ゆか》にひざをついた。

なにもかもが、がらんとおおきいこの広間で、シアンがしゃがみこむと、砂浜《すなはま》によせられた小石のように、ほんとうにちっぽけに見える。

そうして、目をつむると、左手を、じぶんの耳にくっつけた。

王が。

ディラードが。

リネンさんが。

フジ先生が。

トラットが。

ジーナが。

衛兵たちが。

そして、わたしが、息をひそめて、見守っていた。ふしぎな沈黙《ちんもく》が、広間をみたした。王宮じゅうの、音という音が、消えてしまったようだった。ナバレスでさえ、こころをうばわれたように、しばし、立ちつくしていた。

「はあ」

シアンは、目をあけて息をし、すとんと、おしりをついた。「だめ、みたい」

「いやあ、ははは、たのしかった。茶番は、もうよいだろう」

ナバレスは、ぱん、ぱん、と手をたたいて、いった。ほんとうにうれしそうな、にんまりとした、わらい。顔の左右がずれたような笑顔で、おそろしく気味がわるい。「さあさあ、陛下《へいか》のお時間をむだにするでない。わたしだって、ひまじゃないんだ」

「シアン」

フジ先生は、いって、わたしの入ったリュックを床《ゆか》においたまま、歩きだした。「手伝おう」

そばにきて、のぞきこんだフジ先生を、シアンは見あげた。

「それは、きっと、ひとりじゃできないことなんだ」

フジ先生は、いった。「きみは、いつだって、だれかの記憶《きおく》をひきだすとき、じぶんをからっぽにして、あいての声をひびかせていた。じぶんの声を聞くときも、ひびかせるあいてが、ひつようなんだよ」

フジ先生はひざまずき、シアンのひらかない左手を、じぶんの右手でつつみこんだ。それから、なんと、じぶんの左手を、貝がらのようににぎって、シアンの耳にあてたんだ。

だれかが、あっ、といった。

しおさいが、聞こえた、気がした。

なにも見えないけど、広間には、たしかになにかがみちてきていた。

たちまち、あのかんじが、帰ってきた。

「うみのおとだ」

シアンが、いった。


「海の音が、する」

フジ先生は、いった。

「ううん。うみじゃない」

シアンは、いった。

「そうだな」

フジ先生は、いった。「そうだとも。おなかの、なかのおとだ」

「そう」

シアンは、いった。

「いま、なにが見える？」

フジ先生が、いった。

「カーテンが、ぐるっとついた、おおきなベッド」

「ベッド？」

「かぜで、ゆれてる、とりかご。かわいいとり。ないている。こうちゃいろのはね。くるくるのおめめ」

「おお」

王は、声にならない声をあげた。あたりが、びりりと、ふるえる気がした。「いや、まさか。しかし。それは、もしやサヨナキドリではないか。妃《きさき》が、寝室《しんしつ》でかわいがっていた」

「それから、なにが、見える?」

フジ先生は、かまわず、ささやきかける。

「わあぁ」

「なんだい」

「たくさんのひとが、おいわいにきてる。ぼく、まだ生まれてないのに」

シアンは、くすくす、わらっていった。「ぎんいろのかみのおばさんがくれた、きれいなおくるみ。はげあたまのおじさんがくれた、あたまのうえでまわるおもちゃ。じょうぶな子にそだつって、おまもりの、きれいな、かたな」

「いろんなひとが」

「おかあさんの」

「おいわいにきてくれた」

フジ先生とシアンの声が、まじりはじめていた。

「おかあさんと、ぼくの」

「妃《きさき》は、生まれつき、からだが、よわかった」

王は、うつろな声でいった。しかし、いまや、そのうつろさが、声をより深くひびかせているとおもえた。「出産には、たえられないかもしれぬと。だが、世継《よつ》ぎのために、いのちをかけてくれたのだ」

「わはは。こりゃ、たいしたペテン師だ」

ナバレスは、声をがらがらとあらげた。「子どもだからと、あなどれぬのう。よく仕込《しこ》まれておるわ。宮廷《きゅうてい》のようすを、まえもって教えたのは、だれだ？　ディラード、きさまか。首を打つぐらいじゃ、もはや腹がおさまらぬわ」

「おとうさん」

シアンが、目をつむったまま、ぽつりという。そして、

ローレルかな
シェイディかな
はやくげんきに出ておいで

うたうように、ふしをつけて、いった。

玉座から、岩のうごくような、うなり声がした。

「それをなぜ」

レム王は立ちあがり、玉座の階段を、一歩一歩、おりだした。「おお。おお。そのことばを、だれかから聞くことがあろうとは。男の子なら、ローレル。女の子なら、シェイディ。わしが毎晩、妃《きさき》の腹に語りかけていた、そのままだ」

「いったい、どんな手をつかいやがった？」

ナバレスが、口ぎたなくののしった。「だれと、だれが、ぐるなんだ？　フジとやら、おまえもか。手を組んで、おれをおとしいれようってのか」

「この世で、わしと、妃《きさき》、ふたりしか知らぬことなのだ」

シアンとフジ先生のまえに立ちはだかった王は、まるで、ナバレスのことばをさえぎるように、そして、じぶんにいい聞かせるように、いった。「それ以外に、聞いたものがいるなら、それは腹のなかの、わが子でしかありえぬ」

「フラック先生が」

「いる」

「いつも、そばに」

「いるんだ」

「先生」

「だいすきな」

「いつでも、おかあさんに、やさしくしてくれた」

「そうか」

「きょうだ」

シアンの声が、たかぶってくる。「ああ、ぼくが、生まれる日だ」


「宮廷《きゅうてい》には」

「お世継《よつ》ぎが生まれてほしくない、とおもっているものがいます」

「そう、フラック先生は、おかあさんに、いったんだ」

「子どもは、ざんねんながら、死産だった。いいな、フラック」

「わたしは、おどされています」

「フラック先生は、いった」

「赤《あか》ん坊《ぼう》が、ぶじに生まれたら、おまえのいのちはない、と」

「それでも」

「先生は、おかあさんに、いったんだ」

「なにがあっても、わたしは、赤ちゃんを守ります。それが医者というものです」

「フラック先生は、だれに、おどされていた？」

フジ先生は、いった。

「ナバレス」

シアンは、いった。「しっせいかんの、ナバレス」


「ナバレス」

レム王は、しぼりだすような声でいった。

「は！」

ナバレスの顔は、もう、わらっていなかった。「手品は、芝居小屋《しばいごや》だけにしやがれ」

「陛下《へいか》」

広間のすみから、声がした。トラットだった。

「その子のちからは、誓《ちか》ってほんもんです。おれも見ました。聞きました。母親のなかで起こった、はじめてなのに、なつかしいできごとを。生まれるまえにしんだはずの、おれにそっくりなおやじの顔も」

「ふ、ふ、ふ」

ナバレスは、わらおうとして、うまくいかなかった。「わかったぞ。三番隊ぐるみなんだな。口裏をあわせて、おれにとってかわる気か。陛下《へいか》、これは、あきらかな反乱です」

「あなたは医師をおどし、死産に見せかけて、赤《あか》ん坊《ぼう》をころさせようとした。それに逆らったフラック医師は、生まれたばかりのローレルをつれてにげた」

リネンさんは、いった。「すじは、通るけど」

「ええい、だまれというんだ」

ナバレスは、とつぜん、腕《うで》をふりまわし、さけんだ。その声が広間にひびきわたり、消えてしまうと、じぶんに語りかけるように、つづけた。「陛下《へいか》はおわかりになっていないのだ。〈壁《かべ》の国《くに》〉は、もっと強大になれるというのに」

「国をじぶんのものにしようとしたのね。そのためには、世継《よつ》ぎは、じゃまだった」

リネンさんは、いった。

「ああ。それのどこがわるい？　どんないきものも、子孫をふやそうと、しないものはない。おおきく育とうと、しないものはない。より強く、よりおおきく。それが、本来のすがただ。国も、いきものなのだよ」

ナバレスは、あごをあげ、あたりを見まわし、いった。

「島々までも、ぜんぶ支配しようとした」

リネンさんは、いった。

「島！　島！　島！　ひどいもんだ」

ナバレスは、せせらわらうようにいった。「地図さえ描《か》けない、てんでばらばらの、島々。おそろしく不便じゃないかね、にげだした御典医《ごてんい》と赤《あか》ん坊《ぼう》の、船一艘《ふねいっそう》、見つけられないとは」

「そのおかげで」

リネンさんは、いった。「シアンは、助かったんだ」

「わたしが、〈壁《かべ》の国《くに》〉を、大陸一の国家にする。この世を、壁《かべ》のなかに支配してみせる。それができるのは、わたしだけだ」

「どうして」

リネンさんは、いった。「いま、あるままじゃ、いけないの」

「そこに、あめだまが、ばらまかれていたら、あるだけ、集めたくなるだろう」

ナバレスは、わらった。「それが、どうぶつの本能というものだよ」

わたしは、かちんときた。あんまりばかにするんじゃないよ。どうぶつは、じぶんに、ひつようなぶんを知っている。それ以上のことをするのは、にんげんだけだ。

「しおどきだな」

ナバレスは、いって、げらげらわらいだした。その顔は、もう、なま白い人形のようではなかった。かさぶたをはがしたあとから、肉色の皮膚《ひふ》があらわれるように、腹のなかがむきだしの、おぞましい顔があった。

「グラーズ。またせたな」

将軍として、戦闘《せんとう》をつげるときもこうだったのだろう。凍《こお》りついたような目にかわって、天をまっすぐさすように、ひとさし指を立てた。「ディラードだけじゃない。逆らうものはみな斬《き》れ。これより、わたしが王だ」

最強の戦士は、一歩もまえに出なかった。

「グラーズ？」

ナバレスがふりむくと、うごけないグラーズがそこにいた。かぶとのわずかなすきまから、首すじに、剣《けん》がくいこんでいた。音もなくしのびよって、せなかからとらえた男の、その手と首には、ねこのひっかき傷があった。

「三番隊のマシアスか」

ナバレスは、いった。のぶとい声が、いくつものかけらにひびわれ、ぶつかりあって、きしんでいた。「おまえも逆らうというのだな」

「なんとも、そこが、なやましいんです」

マシアスは、美女を演じたときのような、せつなげな声でいった。「ナバレスさまは尊敬する上官です。でも、そのディラードも、ぼくらのだいじな座長なんです」

広間には、ほかにも、ナバレス側の衛兵がいた。その何人かは、太刀《たち》に手をかけたまま、どちらに立つべきか、ふみまよっていた。

「兵ども」

ディラードは、ゆっくり背をのばした。なわを打たれたままだったけど、舞台《ぶたい》で、観客をとりこにした、あの声が、もどっていた。

「みなも、おなじおもいだろう。執政官《しっせいかん》は、武人から身を起こした、われらの誇《ほこ》り。かわらぬあこがれだった。情けぶかい親であり、きびしい師でもあった。北のよぞらに身じろがぬ星のように」

あの舞台《ぶたい》にくらべたら、まるでさえない口調だった。そうでなければ、おもいがあふれだし、しゃべれなかったんだろう。でも、そのせいで、こころから、まっすぐに出たよう

に聞こえた。わたしはおもった。ディラードは、ナバレスを信じていたんだ。王をよろこばせたいという、ナバレスのうそを信じていたかったんだ。

「だが、われら武人が、このいのちのひかりを、わずかにでもまたたかせることができるのは、なにゆえか。王というひろい空があるからだ」

ディラードは、いった。ことばを区切ると、つぎのせりふをまつ客席のように、広間は、しんとなった。

「自身の欲にくらみ、その恩をわすれれば、もはや、なにもかがやかぬ。ひからぬ。われらの星は落ちたのだ」

ナバレス側の兵は、身うごきもできず、立っていた。剣《けん》や矢ではつらぬけない、武人の急所を、ことばで撃《う》ちぬかれてしまったんだ。

ナバレスは、だれひとり、じぶんにしたがおうとしない兵たちの顔を、ゆっくり見まわして、いった。

「いままで観たなかで、いちばんひどい三文芝居《さんもんしばい》だ」

「おって、さたをする」

王は、いった。そして、ナバレスは衛兵にとりおさえられて、広間を出ていった。

「すっかり目がさめたよ」

ディラードは、なわをほどいてもらいながら、ぽつりと、いって、わらった。「トラットのこと、いえやしねえ。おれも、シアンにやられちまったみたいだ」


「おかあさん」

シアンは、広間のまんなかにうずくまったまま、ちいさく、つぶやいた。

「くるしいの？」

「いたいの？」

「ごめんね？」

わたしは、気づいた。シアンのようすがおかしい。のどがつまったように、あえぎ、こきざみにふるえている。フジ先生も、シアンの耳に左手をそえたまま、見えないくさりにしばられたように、かたまっている。

ぼくが生まれる日だ、と、さっき、シアンはいった。

そうだ。お妃《きさき》は、シアンのおかあさんは、シアンのお産で亡くなったんだ。

シアンが、どうして、じぶんの記憶《きおく》を呼びおこすのを、おそれていたのか。

だめ、

わたしは、床《ゆか》のリュックからぬけだすと、まだうごかない、まえあしをひきずって、広間の赤じゅうたんを、転がるように走った。ひっかいたって、かみついたって、やめさせなければ。あの子に、そんなこと、おもいださせちゃいけない。

「ぼくね」

シアンは、いった。ふだんのシアンの声ではない。まるで、おぼれているひとのよう。水面《みなも》に顔を出すとき、息をはき、くうきに、がぶがぶとかみつく。そんなふうに、ことばが、ゆがんでいる。

「おかあさんに、あいたかったんだよ。おなかで、ずっと」

だめだ、

「なのに、どうして？」

シアンは、いった。

「ぼくが」

きしむような、悲鳴になる。

「おかあさんを――」

話したことあったっけ？　どうして、みんなにわらわれても、わたしが、カモメっていう、この名前がすきなのか。

だって、いざとなったら、

とべる気がするから！

わたしは、おもいきり助走をつけて、空中高く、はねあがる。そして、落ちるのにまかせて、シアンの耳にあてられた、フジ先生の左手めがけ、からだごとぶつかった。

はずみで、わたしと、シアンと、先生は、広間の床《ゆか》に転がった。

そうして、そのまま、だれも起きあがらなかった。


レム王は、ぼうぜんと立ちすくんでいた。リネンさんが、かけよってきた。ふたりは、気をうしなっているように見えた。わたしはというと、いためていたまえあしが、焼けるよう。はいつくばったまま、ぺろぺろと、なめていた。

「シアン！　フジくん！」

リネンさんが、声をかけて、ゆすぶる。そこに、レム王はよりそおうとして、うごけないまま、子どものように、ふるえていた。きっと、ふたたび出会えたわが子を、もういちど、うしなうのではないかという、恐怖《きょうふ》のせい。

なんだ。このふたり、そっくりじゃないか。わたしはおもった。にんげんって、ほんとうに、にぶいんだな。どうしたって、おんなじにおいがしているよ。

「シアン！」

リネンさんが、シアンをかかえて、呼びかけた。

そこに、そうっと、おおきな手がおりてくる。王の手が、目をとじたままのシアンのほおにふれた。

「ローレル」

わたしは、じぶんの目を疑った。横で見守っていた、わたしの目と鼻のさきで、だらんとたれていたシアンの左手が、ゆっくりと、ひらいたんだ。

巻貝が、ひらくとこなんて、神さまだって、見たことがないだろう。だから、目のまえで起こったことは、なににもたとえることができなかった。シアンのひらいた、ちいさな指のあいだから、あらわれ、ひかったもの。涙《なみだ》のしずくのかたちをした、ちいさな宝石。見おぼえがあった。肖像画《しょうぞうが》のなかで、お妃《きさき》さまがつけていた、ひたいのティアラ。その宝石の、ひとつぶだった。

きっと、シアンが、この世界で、最初に、にぎったもの。おかあさんが、この世界で、最後に、にぎらせたもの。

シアンは、ゆっくり、まぶたをひらいた。

「あは」

シアンは、いった。「おとうさん」

「わしが、わかるのか」

王は、いった。

「わかるよ。おなかのなかで、いつもあってた」

シアンは、そういってほほえむと、もういちどまぶたをとじた。

いつかのヨルビンのように、しばらく目ざめないのでは、と、リネンさんは心配した。

でも、シアンは、二時間ほどで気がついた。王宮の寝室《しんしつ》で、ふんわりした羽根ぶとんにうもれて。

「あは。ふわふわ」

シアンは、いった。

こんなときこそ出番なはずのフジ先生は、すっかり気ぜつしたままだった。おなじ部屋にねかされていて、シアンのすこしあとに目をさました。「うーん。シアンはどうした?」

「ぶじよ。ほんとに役に立たないんだから」

リネンさんはわらったけど、ふたりが目ざめてくれて、こころから、ほっとしているようだった。

「はっ」

フジ先生は、天蓋《てんがい》つきのベッドで、あわてて起きなおった。「陛下《へいか》」

「しいっ」

王は、部屋のすみで、しずかにいすに腰《こし》かけていた。ひげもじゃの口のまえに指を立てて、ほほえんだ。そして、ゆめうつつのようなシアンを、だまって見守っていた。

わたしは、ししゅう入りの、わた雲のようなクッションをつめこんだ、ぜいたくな籐《とう》のかごに入れられて、つる草もようのほられた棚《たな》のうえに、丁重におかれていた。なんだかはずかしくて落ちつかないけど、はいだすちからも、のこってない。

「ねえ。ぼく、よかったの？」

シアンは、とろんとした目のまま、うわごとのような、たよりない声で、そういった。

「生まれて」

みな、胸をつかれたように、息をとめた。

「シアンがいてくれて、うれしいよ」

フジ先生は、いった。

「わたしも、シアンがいて、うれしい」

リネンさんは、いった。

「ローレル」

王も、あわてて、いった。「いや、シアン。きみがいて、どんなにうれしいか」

「ぼく、なんの、やくにも」

シアンは、いった。

「立てなくないさ。おかげでぼくも、ちっとは、父親らしくなれた」

フジ先生は、あたまをかきながら、わらった。「でも、そんな、役に立つかなんて、ほんとはどうだっていいんだ」

「わたしも、すこしは、おかあさんのつもりなのよ。そう、ネイさんだって」

リネンさんは、いった。

「にあ」

わたしは、おおきく鳴いた。

「カモメが、わたしだって母親よ、と、いってるよ」

フジ先生がそういうと、みんな、わらった。

なんだ。たまには、ちゃんと、わかるのね！

わたしは、かごのなかで、ねがえりを打った。

みんな、シアンがいてくれて、うれしいっていう。でもね、わたしはおもう。ほんとうに大事なのは、きみがうれしいかどうかなんだ。きみがいて、きみがうれしいなら、きっと、それでいいんだ。

「ひと晩くらい、やすんでいったら、どうだね」

王は、いった。ごうせいな晩餐《ばんさん》と、おおきなおふろと、ふかふかのベッドは、みりょくてきだったけど、フジ先生は、ていねいにことわった。

「せっかくなんですが、島の子どもがねつを出しているかも。漁師たちが酔《よ》っぱらって、けんかしてるかも。ばあちゃんたちのひざが、朝晩の冷えで、いたみだしたかも。そうおもうと、ゆっくりしてられなくて」

フジ先生は、いった。「あと、シアンのかあちゃんは、もうひとりいましてね。一秒でもはやくぶじを知らせないと、心配でたおれるかもしれません」

行きとおなじに、わたしは、リュックから顔だけ出していた。帰りの回廊《かいろう》は、ふしぎと、みじかくかんじられた。見送りはことわったのに、シアンは、トラットにかかえられて、港までやってきた。

イースが渡《わた》したタラップをのぼるあいだ、シアンは、こちらをじっと見ていた。

「どうした。いっしょに、帰るか」

フジ先生は、ふりむいて、いった。

シアンは、うつむいて、首をふった。「ぼくの、いるばしょは、ここだから」

フジ先生は、わらって、あたまを、なでた。

「いっただろ。ぼくだって、父親なんだぞ」

なでながら、いった。「いつだって、帰ってきていいからな」

シアンは、そのとき、なにかおおきな壁《かべ》のようなものを、ふみこえたように見えた。そうして、いままで聞いたことのないような大声で、泣きだした。

「ネイに、あいたい」

「キナリに、あいたい」

「ヨルビンに、あいたい」

「タタに、あいたい」

「みんなと、ずっと、いっしょに、いたい」

リネンさんは、いちどあがったタラップをかけおり、フジ先生をつきとばして、シアンをだきしめた。

フジ先生はよろめき、あぶなく、船と港のすきまに落っこちるところだったけど、なんとかふみとどまって、こういった。「帰るところなんて、だんだんふえていったって、いいのさ」

「わたしだって、シアンと、いっしょに、いたいよ」

リネンさんは、とてもちいさな声で、いった。

「どうする？　シアン」

フジ先生は、いった。

「かえりたいけど」

シアンは、しゃがんだリネンさんの肩《かた》ごしに、すぽんと顔を出して、いった。「ぼくは、ここに、いる。ここも、ちいさなやね、だから」

わたしは、シアンのほんとの笑顔を、はじめて見たとおもった。

トラットの肩《かた》にのせられて、シアンは、いつまでも、ちいさな右手をふっていた。ひらいた左手で、しっかりバスケットの柄《え》をつかんでいる。食べそこねてしまったお昼のサンドイッチをあげたのだ。

「おいしいぞ」

フジ先生が、いったら、シアンは、いいかえしたんだ。

「しってるよ。ネイのごはんは、せかいいちだもの」

日は、すこしかたむきかけて、高速艇《こうそくてい》が切る波しぶきで、ひかりのつぶになっていた。

この船なら、夜がふけるまえに、ラーラにつくだろう。ネイの晩ごはんが、食べられるかな。

操縦するイースのせなかに、フジ先生やリネンさんは、王宮で起こった、たくさんのできごとを語った。まるで、鼓動《こどう》のように、こきざみになっていく蒸気エンジンの音に、せかされるように。

「つまり、わたしが船で留守番させられている、ほんのすこしのあいだに、執政官《しっせいかん》が反乱を起こし、シアンが王子になってしまったというわけですね」

イースは、かじをとりながら、信じがたいというようで、なかば、たのしんでいるような、ため息をもらした。

「それにしても、フジ先生には、おどろいた」

リネンさんがいった。「どうして、あれで、シアンの声が聞けるとおもったの」

「なんとなくさ」

フジ先生は、いう。

「そんな、いいかげんな、おもいつきで？」

リネンさんは、さらに、おどろいた。

「どうでした。シアンの、おなかのなかの記憶《きおく》を聞いているときは」

イースは、せなかごしにたずねた。

「シアンの気もちが、わかった気がしたよ」

フジ先生は、いった。「この子は、こんなさみしい場所に、ひとりで、ずっと立っていたんだなあって」

「さみしい場所？」

リネンさんは、いった。

「なんていうんだろう。まだ、じぶんが、だれかも、わからないような、場所」

波を切る間隔《かんかく》が、しだいにみじかくなり、ついには、あしのしたから、すっと、消えた。

「だけど、すっかりわすれているだけで、ちいさいときには、だれもが、そこにいたことがあったんだ。そういう、さみしいけど、なつかしい場所さ。みんな、いつのまにか、わすれてしまうけど、あいつだけは、そこにいて、ずっとだれかがきてくれるのを、まっていたんだ」

海流に逆らわないせいか、帰りのほうが、海がおだやかにかんじられた。

「そういえば、この船には名前があるのかな」

ときどき、操舵室《そうだしつ》の窓に、はげしくしぶきがかかる。その窓ごしに青白くかがやく、ひかりのじゅうたんのような海を見やりながら、フジ先生は、ふと、きいた。

「〈午睡《ごすい》のゆめ〉号、というんです」

せなかごしに、イースは、いった。

「ごすい？」

フジ先生は、きいた。

「おひるね、のこと」

リネンさんは、フジ先生の見ているさきにひろがるひかりを見つめながら、いった。

「あっというまに通りすぎてしまう、という意味よ。まるで、おひるねのときに見る、ゆめのように」

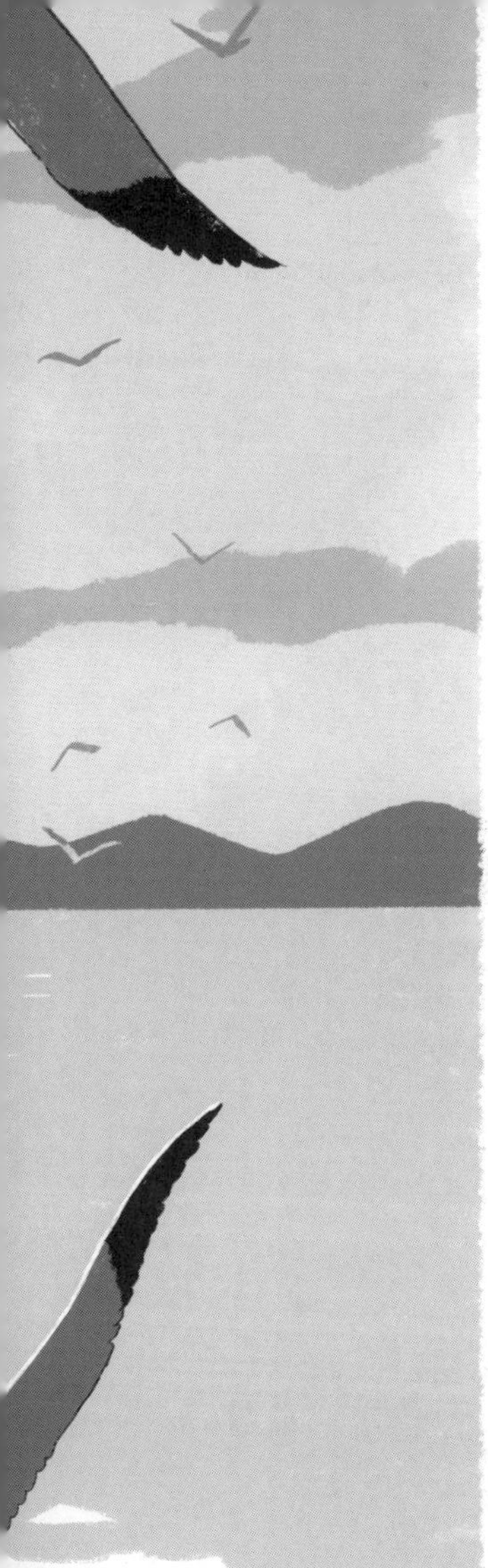

（十年後）


「ねえ、あの船かしら」

タタは、とおくの波間にゆれる、まめつぶのようなものを指さして、さけんだ。

ことしも、秋まつりがきた。やぎや、うしの放牧をしているラーラの丘《おか》のうえで、ひさしぶりに集まった三人は、シアンの帰りをまっている。

「いや、あれは漁船じゃないかな」

キナリは、いった。

「あんなに、はやいのに？」

タタは、いった。

「もっとはやいんじゃない。特別製の船だから」

ヨルビンは、いった。

タタは、教師をめざして、ちかくの島の学校に通っている。キナリは、手先が器用で、洋服の仕立て屋がゆめ。だけど、イースに見こまれて、缶詰会社《かんづめがいしゃ》の技師にならないかと、

さそわれている。ヨルビンはというと、なんと、医者になるために、大陸の大学に行く勉強をしている。三人とも、〈ちいさなやね〉を出て、それぞれの生活をし、ときどき、ラーラに帰ってくる。かといって、孤児院《こじいん》が、さびしくなったわけではない。いまでは、八人もの子どもたちがいて、ネイも、リネンさんも、あいかわらずのいそがしさだ。フジ先生は、またも増築をたくらんでいる。

わたしは、というと、いまや、

うずら

とびら

くじら

という、三匹《さんびき》のねこの母親だ。三匹《さんびき》の名前の由来は、わたしのカモメとおなじくらい、話せばながい。とくに、くじらは。まあ、いつか、語ることがあるかもしれない。

シアンは、年に一、二回、ラーラに帰ってくる。つきそいは、ディラードひとりだけ。〈壁《かべ》の国《くに》〉では、護衛を何十人もつけたいのに、シアンがかたくなにことわるので、いつも王宮をあげての議論になるらしい。

つぎの王に、なにかあっては、こまるということだろう。

でも、まあ、なにかあっても、だいじょうぶ。

なんでかって?

だって、シアンが、もしもさらわれたら、わたしが、なんどでも、とりもどしにいく。ずいぶん年はとったけど、そのくらいの体力は、まだ、あるからね。

シアンの能力が、どうなったのかは知らない。あれから、いちども、つかってはいないとか。

まえに、ディラードが、フジ先生にいっていた。

「能力があろうと、あるまいと、もう関係ないんですがね。王子を舞台《ぶたい》に出して、芸をさせるわけにいきませんから」

「あの船じゃない?」

タタは、さけんだ。「ほら、すごい、はやい」

「あれだね、きっと」

ヨルビンは、いった。

「おーい」

キナリは手をふって、呼びかけた。「シアン、いそげ、あげたての、タクラムパンが、さめちまうぞー」


きみょうなことだけど、あれからわたしは、ときどきナバレスをおもいだす。かれの考えた、おおきなやねのこと。世界をおおうような、ひとつの国。

やねは、だれにとっても、ひつようだ。

冬のつめたい雨を、しのぐような。

だけど、それは、ちいさなやねでいい。そのやねは、どこにだってじゆうにひろがって、あなたを守ってくれるのだから。

わたしは、願っている。

だれのうえにも、きっと、〈ちいさなやね〉が、ありますように。

斉藤倫

1969年生まれ。詩人。2004年『手をふる 手をふる』（あざみ書房）でデビュー。2014年『どろぼうのどろぼん』（福音館書店）が、初の長篇物語。同作で、日本児童文学者協会新人賞、小学館児童出版文化賞を受賞。おもな作品に『せなか町から、ずっと』『とうだい』『クリスマスがちかづくと』（福音館書店）など。

まめふく

イラストレーター。児童書や文具・雑貨などのイラストを中心に活動。創作文学の挿絵はこの作品がはじめて。http://mamefuk.tumblr.com/

波うちぎわのシアン

2018年3月　初版第1刷

著　者　斉藤倫
画　家　まめふく
装　丁　名久井直子
発行者　今村正樹
発行所　株式会社偕成社
〒162-8450 東京都新宿区市谷砂土原町3-5
電話　03-3260-3221［販売］ 03-3260-3229［編集］
http://www.kaiseisha.co.jp/
印刷所　中央精版印刷株式会社
製本所　中央精版印刷株式会社

©2018,Rin Saito & mamefuk
20cm 319p. NDC913 ISBN978-4-03-643170-0
Published by KAISEI-SHA. Printed in Japan.

本のご注文は電話・ファックスまたはEメールでお受けしています。
Tel : 03-3260-3221 Fax : 03-3260-3222 e-mail:sales@kaiseisha.co.jp

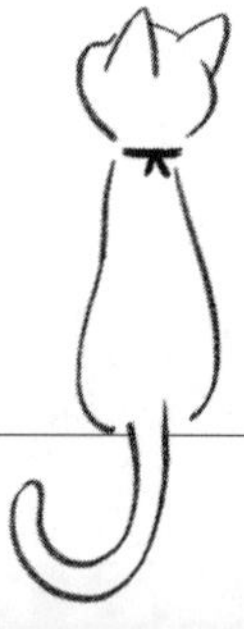